文芸社セレクション

水に溺れて花は咲く

菅原 千明

SUGAWARA Chiaki

文芸社

　きれいに整えてもらった髪の毛を、ぐちゃぐちゃにして帰ってくるような娘だった。最初は仕方ないわね、このお転婆さんはと笑っていた母は、やがて笑わなくなった。上がった口角は下がり、瞳に温かさは宿らなくなった。咲子ちゃん、いけない子ね。そう言う母はひどく冷たい表情で、こちらを見下ろした。母が笑ってくれていた頃から、絵に描いたようなガキ大将だった。クラスの男子で、いや、その学校で彼女に敵う者はいなかった。とにかく力が強い。女だてらに、男子を毎日のように泣かせていた。きっかけはなんだったか。些細なことを揶揄われたのだったか。もう忘れてしまったが、咲子の力を解放することになったきっかけはたしかに存在したはずだ。平手打ちの日もあれば、拳骨の日もあった。そのどちらも、相手を攻撃する手に変わりはない。倒す日にあっても、倒される日はなかった。そんな咲子を、これまで母親が大目に見ていたのも事実だ。積もりに積もった母親のストレスは、ある日ぷつりと限界を迎える。咲子ちゃん、いけない子ね。母親にぶたれたことはなかった。母親は、咲子に手を上げなかった。それでも、物理的な攻撃より強い衝撃を、彼女は心に受けていたのは間違いなかった。人を傷つけ、自分も母親の態度に傷ついていたのなら、自業自得なのかもしれなかった。

　高校を卒業すると、逃げるように家から出た。一人暮らしをし、大学へと通う。経済面では、両親が全面的に援助してくれた。特に母親は、咲子が家を出るのを後押しするようだった。咲子が自立する、ということよりも厄介者が家からいなくなってくれたことを、喜んでいたかもしれない。

中学生のとき、ふと何の気なしに訪れた図書室で手に取った一冊をきっかけに小説の魅力にはまった彼女は、自身の手で物語を生み出すようになるまでそれほど時間を要さなかった。はじめは授業用のノートに。やがて原稿用紙に。やがてパソコンを開いて、キーボードを叩くようになった。

なんて、二十一歳のこのときまでの過去は、どうだっていい。

肝要なのは今と、この先だ。

「どうだっていいなんて顔してないだろ、」

男の声がする。それは咲子の心のやわらかい部分に、すっと入り込んでくる。過去に、割り込んでくる。けれどそれを受け入れ、認めるわけにはいかず、反撃的な声色の言葉が口をついて出た。

「うるさいですよ」

肩をすくめてみせた男は、はいはいといい加減な返事をして、ベッドにごろりと横たわった。枕はそこに用意されているのに、自身の腕のみを使っている。痺れないのだろうか、と咲子はいつも思うが口にしたことはない。どうでもいい。

　現在の時刻は午前八時半。彼にとってこの時間は、睡眠に充てられる。収入源である仕事を、真夜中にしているからだ。そう言う彼女、咲子も、不規則な生活といっても過言ではなかった。夜にぐっすり寝て、日中は目が爛々としている日もあればその逆もあるし、起きていても眠気が襲ってきてうつらうつらしているときもある。彼女の仕事では、それが許される。平日の毎朝に出勤をして、夕方に帰宅をするというスタイルではない。しっかりとやることさえこなしていれば、一週間の半分とはいかなくても、自身で自由に休日にしてしまえる。

　どうだっていいなんて顔してないだろ、
　図星だと言ってしまうのは簡単で、つまらない。違うと言えばいいのに、うるさいと撥ね退けた。表向きには、家庭環境が恵まれていないほうがハングリー精神を強く育てるのだ、と家庭事情をネタに胸を張っているが、実際はもっと幸せでありたかったという気持ちが強かったりもする。それを軽々、ほいほいと認めて、自分の意識に固定させておくのはさらさら御免だが。

「水海、アラームかけましたか」

「…………」

眠ってしまったのか、返事はない。規則正しい寝息は本気で寝ている証拠と言うより狸寝入りの手段にも見えるが。ため息を一つ吐き、自分のスマートフォンで適当にアラームを設定しておく。ここで無理に起こすのも可哀想だし、彼のスマホで設定してやるという発想もない。他人にスマホを触られるのは誰だって嫌だろう。自分がされて嫌なことを人にしないのは基本だ。それは黒歴史で痛いほど学んだ。もう繰り返さない。

咲子は、自分が無表情なつもりはないが、ふと目を細め口を閉ざせば、あの冷徹とも見える母親の表情にそっくりであることを知っていた。何故だ、と思う。女の子は父親のほうに似るのではなかったのかと、何かに八つ当たりをする。ふりをする。そうやって冗談めかして、重苦しい空気にしないように、自分で調整をした。

仕事部屋に置かれているベッドはもはや彼専用といっても過言ではないだろう。立ち上がり、別室のベッドで寝ようと横を通り過ぎたとき、腕を掴まれた。

「……起きてたんですか」

「寝てたよ。足音で起きた」

「ずいぶん敏感ですね。もうあっちへ行くから、寝てていいですよ」

うっすらと目を開けている彼は、細い腕の先の手に力を込めた。真意を問うように見ても、何も言わない。その瞳に、吸い込まれそうになる。頭がぼうっとして、境界が曖昧になる。ふと彼の視線が咲子から逸れ、ふあ、と小さな欠伸をもらしたことで、はっと我に返った。

「手」

「うん?」

「手、放して」

「…………」

「くださいよ……」

どんどん尻すぼみしてしまう。平静を装っているのも、なんだか疲れてきた。それを見越したように、寝よう、と言ってくる。

「咲子さんも、一緒に、寝よ」

「はあ……。嫌です」

もう片方の手で、彼の手をやんわりと解く。

「はは、嫌なの……?」

目を伏せたまま、含み笑いで言う。まるで吐息のようなそれに、脳をとろかす人間がこの世にどれだけ存在するのかを、この男は自覚しているのだろうか、と思う。

「まーいいけど」

いいのか。誘っておいてこのあっさりとした様。いちいち拍子抜けしていては疲れるばかりなのに、毎回といっていいほど肩すかしをくらってしまう。この男にとって、自分は少なくともどうでもいい人間ではないのだろうという自負と、必要以上の自惚れ。それらが肩すかしをもたらすとわかってはいる。でも、簡単に消すことはできない。結局眠いのだ、この男は。抱き枕でも欲しかったに違いない。そう結論付け、すうすうと穏やかな寝息を立て始めた顔を眺めた。見た者十人が十人、整っていると口を揃えるであろう美形ぶりは、長い睫毛を遊ばせて、とても心地よさそうに眠りについている。ただ整っているということは、いいことばかりでもないけれど。どこか作り物めいていて、感情が読みとりにくい。本心が奥底に沈んでしまっている感が否めない。ダークブラウン、とでも呼ぶのか黒に近い髪の毛は男にしては長すぎる。こだわりでもあるのか、いつだってこの長さをキープしているようだ。客商売の彼だが、それよりももっと華やかな舞台が似合いそうなのに、車のハンドルを操る仕事を選択している。それは何故なのか、聞いたことはない。

部屋を出て、新たに自分用に買った別室のベッドに横になる。さっきの部屋は仕事部屋といったけれど、どこも書斎のようなもので決まっているわけではない。この部屋にも机と椅子が用意されている。つまりどこの部屋でも仕事はできるようになっているのだ。

そうして、頭を空っぽにしようとすると、佐古水海のことばかり考えてしまう。

画面に向かっているときには、ちゃんとその物語に向き合い、没頭できるのに。

アラームが鳴り、いつの間に眠っていたのかと思う。夢を見ることもなく、頭もすっきりしていた。設定したアラームが鳴っているということは。サイドテーブルの置き時計に目を向けようとして、鼻先にぶつかるものがあった。

「…………水海、」

何故ここで一緒に寝ているのか。

「あのね、他人のベッドに潜り込むのはどうかと思うんです」

「何、怒ってるの、」

不服そうな様子も見せずに、まるで揶揄するように、彼女の反応を見て楽しんでいる。

「あっちで寝てたでしょう、さっき」

「うん、起きてあんたがいなかったから」

「同じ家にはいる」

「違いない、でもできれば同じ空間がいいでしょ」

この気まぐれ男め。いくら周りからちやほやされるからって、皆が皆そうじゃないんだぞと思い知らせてやりたくなる。

「何、押すじゃん」

ぐーっと二の腕辺りを押して、ベッドの外へ追いやろうとするも上手くいかない。これが男女の力の差などというのなら、鼻で笑ってしまう。

「降りてください」

力ずくは失敗に終わったので、言葉にする。聞こえているくせに、自分にとって都合の悪いことは聞こえないご立派な耳をお持ちでいらっしゃる。

「離れたがってるみたいだぜ」

鼻で笑ったかと思えば、仰向けで天井を眺めていた水海はごろんと寝返りを打ってこちらを向いた。端正な顔の、頰を、髪の毛がさらりと伝い滑り落ちていく。

「……あなたと、まともに会話できている気がしない、いつも」

「そりゃあ心外」

「だって聞こえないフリするでしょう」

「咲子さんが本心じゃないこと言うから」

「他人の所為にする気、」

「どっちが」

静かに身じろぎ、伸ばされた腕が咲子の身体を包み込む。反射的に腕を一回、拳で叩く。痛くも痒くもないくせに「骨折するからやめれ」なんてふざけてくる。やわく、抱きしめられる形になって、身体と身体はわずかな隙間を残したまま、密着というにはあまりにお粗末な距離感に留まった。きつく抱きしめたりしないし、その胸にすり寄っていったりしない。ただその隙間を寂しがるように、水海の顎が咲子のつむじにこつんと当たる。

ふと訪れた眠気に、瞬間抵抗しようとする。でも、許可を出すように触れた手が背中をぽんぽんと叩いたから。すっかり許された気になって、瞼を下ろすと、夢への入り口が溶けるように自身と一体化した。

目が覚めると、電気が点いていない室内は薄暗かった。隣はもぬけの殻となっており、ベッドから降りると部屋のカーテンを引いた。しゃっという音が、静かな室内を一瞬だけ暴力的に騒がしくする。さっきよりも暗くなった部屋から、ふらふらと出ていく。急激に空腹を身体が訴えてきて、我ながらうるさい腹の虫だなんて冗談を口内でつぶやいているのも馬鹿馬鹿しい。そんなことを考えているうちに、何かを食べればいいのだ。

まず冷蔵庫を開けるが、特にこれといった目ぼしいものはない。プリンかゼリーでもあればと思ったが、あったとしても腹の足しになるかどうか。米が食べたい。が、炊飯器は長いこと機能していないはずだ。外食、出前。他力本願なことばかりが頭に浮かんで、他に頼って何が悪い、別にかっぱらうわけでもなし。ちゃんとお金は払っているではないか、なんて最低な、ひねくれた言い訳をする。そう、なんで自分はこんなにひねくれているのだ、と思う。なんで彼は、こんな自分を見捨てないのだ。ふらふらを続行させ自宅を徘徊していると、リビングのテーブルに某チェーン店の牛丼とカレーライスが合体した弁当が置かれていた。買った覚えはない。蓋越しに触れてみると、熱々とまでいかなくてもほのかに温かかった。

「…………」

一つだけ、ちょこんと置かれた弁当。深く考える必要はない、彼が買ってきたものだ。彼以外にこの家への出入りを許している人間などいないのだから。

彼は、水海は。

ふらっとうちに来てはふらっと仕事がてら家から出ていく。恋人なんて甘やかな関係でもないのに、ますますどうして、彼は自分を見捨てないのだ。見放すタイミングを、見失っているのか。この関係に名前なんて付けなくてもいいけれど。

　椅子を引き、リビングのテーブルにつく。割り箸は、はじめから割れているタイプのもので、いつも割るのに失敗する咲子にとっては有り難かった。ただ、使うのがもったいないなと躊躇してしまうが、結局はそれを使う。いつも無駄な問答をしては、適当なところに落ち着き、今のは必要だったのか、とまた問答が生まれるから埒が明かない。

　もぐ、と咀嚼し、美味しい、と顔が綻ぶ。一人でも、腹が減っていればご飯は美味しい。付属していたスプーンで、カレーを掬う。誰かと一緒に食べた方が美味しいよね、という意見は、まだ空腹具合に余裕がある人間のものだ。もう減って減って仕方ないとき、別に他人の存在がなくとも空腹というスパイスで十分ご飯を美味しく感じて頂ける。ただ、完食した後に美味しかったねと言えないのは寂しいかもしれない。余裕があると、あらゆる意味で邪念というか余計な考えや寂しさが生まれて困る。かといって空腹を満たさないと死ぬ。死んではいけない。と、思う。

　死ぬとしても、餓死は、ひもじいじゃないか。そんなことをいってしまえば、焼死は熱いじゃないか、凍死は寒いじゃないか、殺傷は痛いじゃないかとこれまたキリがないのだが。

「死について考えすぎ、私」

満腹なのに、マイナスなことを考える人間なんているのだな、ここに。

椅子の背にもたれ、首がかくんと後ろへ傾ぐ。見える天井は慣れ親しんだもので、なんだか無心になれた。すぐに首が痛くなって戻る。今さらだが手を合わせ、ごちそうさまでしたと挨拶をする。そこではた、と、いただきますは言っただろうかという疑念が浮かぶ。言わなかった気がする。お腹が減っていて、卑しくも夢中で頬張り始めてしまったことに羞恥を覚える。人間って卑しいよねと人類を巻き込んでおいた。

空の容器を洗ってごみ箱に入れると、とたとたと歩いてメインの仕事部屋に戻る。その様が、人里で食事を終えた熊が森に帰っていくようだと思い、自分は熊ほども強くないことを知る。

「……あ」

できた原稿を、まだ送信していなかった。書き終えて、推敲して、安心して眠っていた。といっても、締め切り前だから慌てる必要はない。スマートフォンに催促の電話もメールも来ていないはずだ。

それでも確認、スマートフォンを枕の下から手繰り寄せる。基本マナーモードにしていて、いつ何の連絡が来てもいいように枕元に置いてある。バイブの震えで起きるときもあれば、気づかないで寝ているときもある。マナーモードの意味とは、と考え出しそうなので、さっそく画面をタップして明るくする。

「…………うん？」

編集部からの連絡はなかった。でも、着信が一件。

佐古水海から。

「えあ、あわ、」

何事か。スマホの左上の小さな時計に目を走らせる。午後十時。ちゃ、着信は午後六時。四時間前。今は仕事中のはず。だから今電話をしたら、きっと邪魔になる。でも、この電話は何だったのか。何か、緊急事態？　いや、それでも一件の着信。緊急だったら何回か掛かってきているものではないか。それかメッセージでも送ってくるだろう。

うんと迷った末、無料通信アプリを使って「どうかしましたか」と送ってみる。もし何もなくて、仕事の邪魔をしてしまったらごめんなさい、でも何もないほうがいい。無事ならいい。ぎゅっとスマホを握ったら、ぱっと既読になった。

「！　……っ」

と、次の瞬間、バイブでむーむーとスマホが震えた。電話での着信。画面には大きく佐古水海と出ている。

「ぇあ、も、もしもし」

『咲子さん?』

聞き慣れた声。

「うん……はい」

『起きた? あのさ、テーブルに弁当置いてあるから、食べて』

用件を理解し、とりあえず彼の身に何かが起こったわけではないと安堵するけど、先ほどの自分の卑しさを思い出して肩を縮こませる。

「……すみません、もう食べちゃった」

『あ、そう? なら良かった』

「あ、ありがとうございました。ごちそうさまです」

ぺこり、とお辞儀する。

『うん』

「……え、っていうか、今仕事中ですよね、すみません、あの、」

『あー、平気。今暇なのよ。客さん待ちでさ』

「……そう」

『暇だからって帰れないけどね？』

「…………うん」

『あれ？　別に寂しくないんだから！　とかなんとか言われると思った』

「なんですか、それ……」

おかしくて、ふっと笑う。それが声に乗ってしまっただろうか。

『……えーっと、じゃあ、切るね』

「えっ」

『じゃ、また』

本当に切られてしまった。「……ええ」いや、用件は済んだから、切るのは当たり前なんだけれど。それにしたってあっさり過ぎでは無かろうか。

「……………いや、別に寂しくは……」

ぽつん、と声が落ちて、床に浸透していく。

自身の裸足のつま先を見つめ、何故爪が見えるのだろうと思い自分が俯いていることに気づいた。何とも間抜けなものだ。はっとして真正面を向き、これからの予定を頭の中で組み立てた。とりあえず足が寒いので、靴下を履こうと思う。

「不見神咲子。デビューして、もう少しで二年になる。作風は、メルヘンな日常系のものが多い。メルヘンな日常系。人が見るよりも少しズレた視点で描かれる、どこかふわふわとした作風は、必ずしも本人がぼーっとしていることに所以しているわけではない、と」

「私ってぼーっとしてますか」

「え……うぅん」

何故答えに窮している。否定でも肯定でも、すぱっと言ってもらっても構わないのに。

編集者は咲子の簡単な経歴を読み上げると、居住まいを正し、真正面からこちらを見つめた。その視線から逃れるように、咲子はテーブルに載ったクリームソーダにじっと集中した。

「あ、どうぞ。飲んでください。……食べてください？　かな」

「はあ」

本当に、どちらだろう。思いながら少しだけ自分の方にクリームソーダを寄せる。

人前で、しかも仕事関係の人の前で、飲んだり食べたりは躊躇する。どうぞと言われたとしても、それは社交辞令じゃないだろうか。易々と口にしていいのか迷う、いやでも早くしないとアイスが溶けてしまう。そっと長いスプーンを引き抜き、アイスをつついた。すると目の前の編集者は、微笑みながらコーヒーを啜った。あ、いいのか。

食している姿を人に見られるのは好きではないが、アイスが溶けるのは非常にまずい。アイスが甘いただの液体になってしまうのは、まずいのだ。ちゃんとアイスの姿のままで食べてあげないと。

「…………」

無言でアイスクリームを口に含み、舌の上で溶けていく感覚に感動する。何回味わっても薄まらない感動ってあるよね、とふと編集者に言ってみたくなったけど、もちろん言わない。そこまで仲良くないから。

「見ない、見ることが不可、で『みずかみ』ですか。面白いペンネームですよね」

「ひゃい」

「不殺と書いてころさず、みたいな。ははっ」

「ひゃい……」

某作品のことを言っているのかな。自分はそれを意識したつもりはないけれど、この人にはいらない情報だろうな、ととりあえず頷いておく。スプーンをくわえたまま、相手がどんな顔をしているのかもあまり把握しないで黙々とアイスクリームを掬って口に運んでいく。表情がわからない、のではない。顔が、わからない。一瞬見てから、すぐにお辞儀をしてそれからずっと俯いているからどんなお顔なのかを知らない。ぱっと見の印象としては、おじさん、としか言えない。太っているか痩せているかといえば、普通。肩をぎゅっと縮こませて、まるで借りてきた猫のような状態だろうなという自己分析はさっき済ませた。

「あ、名刺忘れてた」

と言って、コーヒーカップをソーサーに戻すと、鞄をまさぐり始めた。食器と食器がぶつかる音が、ちと、不快だったりする。スーツ姿ではない、結構ラフな格好をしているから、胸ポケットからすっと出すことができなかったのだなぁ、と相手の視線が逸れているのをいいことに少し観察してしまう。

「蒼田と申します。あおた、じゃなくてそうだ、ね」

「あ……不見神、です」

名刺はありません。両手で受け取りながら、自分のはないのです、ノーノーと意志表示する。蒼田は渡してすっかり満足げで、失礼ながらもう帰ってくれないかな、一人にしてくれないかなと願ってしまう。慣れない人間とこうして対峙しているのは、非常に疲れる。耐えられているのは、アイスクリームの糖分のおかげか。と、いっても。こうして相対したばかりで、ではさようならとはいかないだろう。そこは、このアイスクリームのように甘くはない。メロンソーダの炭酸のようにぱちぱちしている、社会というものは。人によってはばちばちかもしれない。自分はまだぱちぱちで済んでいると思うことにしよう。

「いやあ、不見神先生と仕事できるなんて、光栄です。僕は勤続年数と場数だけはたくさんだから、安心してっていうのも変か。まあお互いリラックスしてやりましょう」

割愛。

帰宅してすぐ、ベッドに横になった。布団を手繰り寄せ、母胎に戻るのを望むようにくるまる。枕と布団に身体全体を包まれ、ふー、はー、と息を吐く。ぎゅっと目をつぶってしばらく、ベッドと意識と身体が一体化するのを待った。それからもぞもぞと頭を出し、置き時計を確認。今が夜であることに落胆している自分がいた。夜では彼の活動時間で、ここにいる時間ではない。

「疲れた…………」

言っても何も変わらぬことを知っている。こういう無駄なことをするときは、よほど頭が馬鹿になっている。疲れた、眠ろう、と意識したわけでもないのに、目をつぶり続けることによって眠りの中に落ちていく。

どのくらい夢を見ていたかわからない。それでも意識が浮上しきっていたわけではない。なんとなく、家のドアが開いた気がした。それが現実なのか、夢の続きなのかもわからない。どちらでもいい。きちんと戸締まりしたドアが開くのが、どういう意味かを考えると。

「さぁきこさん。……ん、寝てる?」

とたとたと廊下を歩く足音、洗面所で手を洗う音、一人では決して聞こえないそれらが、気持ちを浮かせる。

咲子が寝ている部屋に、水海が顔を出した。

「あ、寝てる」

目が開かないままでいるのを見て、まだすっかり眠っていると勘違いされたに違いない。意識はまだふわふわしていて、完全に起きてはいなかったから、勘違いとも言い切れないのか。それでも半分は起きている感覚で、まるで寝たフリをしているかのようだった。

がさがさとビニールの音。コンビニの袋だろうか。

「ここで食べたら怒られるかな……」

小声で言いながら、中のものを取り出したようだった。言葉を口にするのは、咲子が少しでも起きていると知っているからなのだろうか。静かにしようとする緊張は伝わってくるが、人が動けばどうしたって気配は連動する。こと咲子に関しては視覚を奪われている状態で、聴覚が顕著に働く。耳を澄ませるつもりはなくても、彼が何をしているのか伝わってくる。おにぎりかサンドウィッチか。ビニールのフィルムを慎重にぴりぴりと剝がしている。小さな咀嚼音。ああ、なんだっけ。こういうのを聴く、何かあったよなぁ。人の咀嚼音や生活音を聴いたりするやつ。名前なんだっけ。アルファベットのやつ。検索すればきっとすぐに出てくるだろう。咲子は、それに対して無関心であったが、彼の、水海のものだったら録音しておいていつでも聴けるようにしたいと思った。一人でも、眠れないときでも、その気配をすぐそばに感じられるように。

今何時だろう。朝か、夜か。昼夜逆転もその逆も必要以上に繰り返している所為で、感覚は狂いまくってしょうがない。咲子も水海も、食事をするのも睡眠をとるのにも大したこだわりなんてなく、したいときにする。お腹が空けば深夜でも早朝でも何かを口にするし、朝昼晩も関係なく眠ったりする。不健康だとはわかっている。水海のほうは仕事をしているから、不規則でも仕事中は仕事をしているし、逆に仕事をしていない時間は好き勝手に出来る。

「寝たばっかなのかな」

そんなつぶやきが聞こえた。今気づいたが、すごく視線を感じる。たぶん、きっと、めっちゃ咲子の顔を見ながら食事をしている。動かないで目を閉じたままの咲子なんて、電源の入っていないテレビよりも見る価値なんてないのに。

しばらくして、ふ、とまた意識が浮上した。また寝ちゃっていたのか。と思いながらもまぶたはまだ重い。そのとき、極弱い力で頬を摘まれた。

「咲子さーん、そろそろ起きよ。俺がつまらん」

「……水海」

「おはよう」

「人の顔、じっと見ないでください」

「バレた?」

「………………」

ベッドにもたれるようにしていた水海は、膝を伸ばして立ち上がると「詰めてー」

と言いながら横に寝転がってきた。

「ちょっと、何するんですか」

「咲子さん、めっちゃ気持ちよさそうに寝てたからさ」

「起こしたじゃないですか」

「そうだけどー」

　やけに間延びした声。これは、空腹が満たされて眠くなったんだな、とすぐにわかった。

「寝てていいですから、私は起きます」

「え、だめ」

「何が、」

　起きあがろうとした肩を掴まれ、引っ張り戻される。同じ視線の高さになった水海をぎろりと睨む。以前もこうして睨んだことがあったが、何故か「怖い」ではなく「かわいい」と言われた。今も同じ感想を吐くんだろうか、この男は。

「ちょっと目つぶるだけだから」

「いや、ちゃんと寝たらいいじゃないですか」

「今日は仕事休みでさ」

だったら尚更、と言おうとして、頭を抱き込まれた。

「苦しいれす」

「嘘。緩いでしょ」

「…………」

「抜けようと思えばいくらでも抜けられるでしょ」

そうしないのは、そのつもりがないからでしょう、と言われた気がした。図星なので何も言えず、黙り込んだ。意にそぐわないふりをして、罪悪感めいたものを覚えた咲子を宥めるように、水海はからっと笑った。

「……今何時ですか」

「うーん、九時半くらい？　夜の」

「よ、る、っ……あ、」

まだ覚醒しきっていない頭は、夜と聞いてイコール水海の仕事と導き出した。途端、さっきの今日は休みという言葉を思い出す。

「休みっていいよな。仕事辞めて毎日休みにしたいけど、仕事をしていないとその有り難みってのがわからんくなる」

自分と似たような価値観を口にする水海に、密かに共感する。高校を卒業して、すぐに小説家になれたわけじゃない。アルバイトを転々とした。一般から見てしんどくもない辛さで辞めては、また新たに探して面接を受ける。採用の連絡にほっと胸をなで下ろすのも束の間で、人の中に入っていく恐怖がしつこく根を張って伸びていく。嫌になる。嫌になった。だから生きるのは嫌なんだ。生きていくためには、働かなければいけないから。人と関わっていかねばならないから。かといって人を遠ざけて山奥で生活する勇気も覚悟もなくて、人里で苦しみながら働く。仕事自体が辛いのではない。他人と同じ空間にいるのが苦しい。だったらずっと書いていられればいいのに。そう願っていた。結果からいって、今はそれが叶っている。叶ったら叶ったで、辛いこともしんどいこともちろんあるに決まっている。同じところにいられる人間なんていない。

「お疲れさん」

吐いたため息を、仕事の疲れとでも思われたのか頭を撫でられる。あれだけ他人を遠ざけたいと思っていたのに、こうして水海の体温や穏やかなやさしさに癒されている自分はなんなのだろう。思ったことは取り消せないのに、一度思ったらそれを貫きたいと思っているのに。何もかも、この男に覆されてしまう。それが悔しいような、嬉しいような、わからない。二律背反。それぞれの主張は大きい。でも、嬉しいに偏っているのに気づかないフリをしている。誰にも言えない。自分で認めてもいけない。

そう決めたのは自分自身だからだ。

「そちらこそ」

「うん、ありがと」

俺も疲れたと抱きしめられる。ぎゅっと距離が縮まって、距離なんていう概念をなくすみたいに、隙間が無くなった。心臓自体をぎゅうと握られているみたいな感覚に、狼狽えてしまう。

「ハグってストレス解消になるの知ってる？」

「知識としては」

「しようよ実感、咲子さんも」

……している、なんて言えない。言わない。彼が思うよりもずっと実感しているなんて。

癒されるし、お互いのぬくもりも存在も何もかもが溶けていきそうになる。これはきっと幸福に似たものだ。

「……今日、新しい担当と会いました」

「へえ。どうだった？」

「へらへらして、私をまるで馬鹿にしているみたいな人間でした」

「ばかにされるの好きだね、咲子さん」

「好きなもんですか。不見神のみずって字が、不殺みたいですねって言われた」

　ぽろぽろと聞かれたことに答えていれば、あのときの会話が自分にとって不本意であったのだと思い知る。自分の気持ちなのに、言葉にしないと実際はどう感じていたのかもわからない。口に出して、ああだったこうだったといちいち自分に報告するみたいにしなければ、自身の気持ちさえも意識できない。欠陥人間っぽい箇所をまた見つけてしまった。

「ぶっは」

「……何、」

「ころさず、か。なるほど面白い。たしかに咲子さんは〝見ない〟もんね。何が、とか何を、とは言わないけど」

「あなたまで馬鹿にするんですか」

「してないよ。咲子さんてば、被害妄想強いよね」

　むっとして胸を押し返す。だがびくともしないから、余計に唇が尖ってしまう。

「新しい担当さんの所為で俺らが言い合うのは癪でしょ」

「…………」

さらに抱き込まれ、押し返していた腕はすぐに力を緩めた。気持ちと身体が連動していない感が否めない。言いくるめられたくなくて、でも気持ちが納得する前に身体はしている。

「これで咲子さんの機嫌が直らなかったら、俺もその担当恨むなぁ」

「…………私は、蒼田が恨まれても痛くも痒くもないですよ」

「そりゃそうだな」

はあ、と息をもらす。ため息のような、意識的な呼吸のような、判別のつかないもの。

そうして話しているうちに、うとうととしてくる。さっきまで寝ていたはずなのに、おかしい。けれど、微睡む感覚はいつ味わっても悪くない。差し迫ったものがないからとも言える。咲子はつい先ほど仕事を終えたばかりだし、水海も今日はオフだ。二人とも、何にも追われていないから、こうしてだらだらしていられる。

「起きたらまた話そ」

鼓膜をやわく揺らした声を最後に、また意識が沈む。

二十四時間。寝ている時間が多い日もあれば逆も然り。一日中起きてキーボードを叩いている日だってある。ほぼ一日中寝ている日もある。そういう日は何もしなかったなあという感想一つで本当に終わってしまうのだから、人生無駄にしているのかもしれない。

佐古水海は、他にも相手がいる。

女が、と限定するのは狭量というものだ。他の人間の匂いを纏わせた人間なのに、咲子はその穏やかな心持ちにさせてくれる水海を手放せないでいる。自分はもっと潔癖なのだと、勝手に思っていた。でも、そうでもなかったということだ。存外、いろいろなことがどうでもいいと思える人間。そのくせ、被害妄想は強い。なんだか矛盾している。どうでもいいのに、相手は自分を馬鹿にしている下に見ていると高くてくだらないプライドも持っている人間は少なくないのかもしれないが、自分という存在は誰よりも身近過ぎて、自分の度量が狭すぎて、嫌にもなってくる。

だからいつも思う、どうしてこの男は咲子を見捨てないのか。咲子だけが拠り所じゃないのに、どうして。聞いたらいなくなってしまうとか、殊勝にそういうことを気にしているわけじゃないけれど。だからといって、咲子にとって水海の存在が小さいわけもなく。どうしたらいいのだろう。第三者に聞けば、そのままにしておけば別に何も問題ではないと言うだろう。だって、別に水海のほうは咲子から離れたがっているわけではないのだから。これが、少しでもそういう素振りが見えたら咲子は対処法を考える。すぐに切るのは難しくても、徐々に準備をしていって、水海の望み通り自分たちの縁を切ることができる。

仕事はハイヤーだが、実は違うんじゃないかと思ったこともある。ヒモの才能が有り余っている彼にとって、他に何か仕事が必要だろうか？　女性に食わせてもらって、十分に食べていくことが、生きていくことができるのだ。

「おはよう」

目が覚めて、置き時計を見ると針は四を指していた。廊下から部屋を覗き込んでいる水海がいる。カーテンのほうを振り返れば暗い、夜だか朝だかわからない。

「朝だよ」

頭上に疑問符を浮かばせていたのか、的確に水海が教えてくれる。

「……まだいたんですか」

「うん」

咲子の言葉に気分を害した風でもなく、様子を見に来たらしい水海は頷いた。上体を起こし、頭を掻きながら、つい、言葉がこぼれた。

「私のとこなんかにいていいんですか。私じゃなくても、いいでしょうに」

寝起きで、でもなんでそんなことを言い出したのかわからない。特に機嫌が悪かったわけじゃない。ただ、単純な疑問として口をついて出てしまった。

「え？」

短く問い返され、はっと我に返る。目が泳ぐのが自分でもわかる。頭皮に爪を立てていた指は、するすると髪の毛を梳いて落ちていった。

「なにそれ？」

「なにそれとは……」

「咲子さん、何考えてるの」

「かんが、考え……」

「仕事休みって言ったし、それでここにいるのは俺にとっておかしいことではないんだけど」

「やだな怒ってるんですか」

早口になる。こんなときだけ、舌がよく回るものだ。嫌だ、この感じは。口の中が渇いて、水が欲しくなる。ベッドに上体を起こしたままの咲子では、部屋の出入り口にいる水海の横を通らなければ台所に行けない。

自分の発言によって、不機嫌になってしまった水海というのは初めてで、困惑しかない。いったいどうすればいいのだろう。とりあえずベッドから足だけを下ろした。

「どこ行くの」

「……お、お手洗い」

怒られている子供そのものな咲子は身体を小さくして、おそるおそるといった風に口にした。すると水海は、黙って出入り口の道を空けた。さっさと行けと暗に言われているのだと感じ取った咲子はたっと小走りで、部屋から出ていく。そして口実であったはずのお手洗いを済ませ、台所のコップを手に取るとミネラルウォーターを注いだ。ごく、ごく、と飲んでいると、水海がそこまでやってくる。びくりと明らかに怯えている咲子に、水海は「はぁぁ……」と困ったようなため息を吐いた。頭をぽんぽん、叩いてからくしゃくしゃとかき混ぜてくる。ぼさぼさだった頭が、さらにひどいことになった。

「顔、洗ってくる?」

「……はい」

怯えさせていた自覚は水海にあったようで、声音がさっきよりも柔らかくなる。それでもどこか硬さがまだあって、現在進行形で怒っているのだと教えてくる。廊下を行きながら、ぞっとする。怖い、と思う。人間って怖いといつも思っていた。そうか、そうだ、水海も人間なのだ。人間だったんだ水海は。まるで今まで宇宙人と接していたのかと疑われるような驚きぶりだった。自分で自分に驚く。何だと思っていたんだ、彼のことを。

自分は最低な価値しかない人間だと思っていた。でも、この思い違いはその最低の下をいく。人に人として接せられないのは、こんな自分をさらに貶める行為になる。

「最悪……」

自己嫌悪がひどい。冷水で必要以上に顔をばっちゃばっちゃと洗った。だんだんと覚醒していく。意識に鮮明さが増す。

「咲子さん」

「びゃ！」

洗面所にひょいっと現れた水海に、水を飲み込みそうになった。振り向くと、壁にもたれた水海が珍しい真顔でこちらを見ている。

「……あのさ、怒ってないからね」

「そ、そうですか」

納得したフリも、彼にはきっと通用していない。無駄なあがきと知っていても、じりじりと踵が後ろに退いていく。洗面台に、腰の辺りがぶつかる。

「咲子さ、」

「シャワー、浴びてきていいですか」

「……風邪引かない？」

「平気です」

洗面所の扉を閉めると、ばばっと服を脱いで頭から熱いシャワーを被る。どうしよう。怒っていないなんて、嘘。そうか、と納得したのも嘘。なんて嘘つきなふたり。でも水海の嘘のほうが、きっと優しい。怯えている人間に対して、安心させようとするものだ。

人間、だった。怖いに決まっている。腹の底がわからない。どんな言葉を尽くされても、腹の底、心の内はどんな風に考えているかわからないから、知りようがないから、怖い。

いくら優しくても、優しい嘘を吐いても、水海の心はどんな感情で彩られているのか。

怖い。彼だけには、怖いと思うことはないと思っていた。

どうして知らずにいられたのか。たしかにあの体温は、咲子の肌に溶けていたのに。

「お、またせ、しました」

「お待ちしてた」

リビングのソファで足を組み、立てた肘で頭を支えていた彼は、咲子が出てきたことによって姿勢を変えた。どしんと構えられた体勢に、おずおずと近づいていく。隣の席をぽんぽんと叩かれ、ここに座れと促されるが躊躇する。首にかけていたタオルで髪の毛を拭く素振りで誤魔化そうとしていると、その腕を引っ張られた。

「咲子さん、お預け長いよ」

「…………っ」

抱き込まれ、まだ乾いていない髪の毛に鼻を埋められる。

「……物好きですね、水海は」

「そう？」

もう怒っていないんだろうか。性懲りもなく、また少し調子に乗る。

「こんな私に構う暇は、もったいないですよ」

「こんなに有意義なのになぁ」

心底不思議そうに言われても、わからない。目を伏せていると、頭の上から幾分か低い声が降ってくる。

「咲子さんでも、そんな言い方すると、怒りたくないけど怒るよ」

「っひぇ」

「すぐビビるでしょ、だから怒れない」

「怒りたいんですね」

「……思ってもないこと言われたら、そりゃあ少しは」

「怖い……」

「嫌いになったから怒るんじゃないからね」

「…………」

「好きだから怒ってるわけで、ビビる必要ないんだよね」

髪、まだ濡れてる、とつぶやいてタオルを頭から被せられる。わし、わしゃ、と壊れ物を扱うような丁寧な手つきで水気を拭われていく。

「どうしてそう、自己評価が低いかな、咲子さんは」

「…………事実だから」

「まあいいけど」

今に始まったことではない、と言外に付け足された気がした。だからといって不機嫌になる咲子ではないし、そもそもそうしたら逆切れになるし、水海のほうも悪く言えば諦めているのだ。自己評価の高低なんて人それぞれだが、咲子のそれの低さは自他ともに並外れている。今までの担当も、それを知っている。だからといって「そんなこと言わないでください！　不見神先生はすごいんですよ！」なんて押してくる強引な人間でもなかったから助かったけれど。

「今日は何もない日だ」

早朝から二人くっついて、何もない予定を嘆くでもなく、のんびり宣言をする水海は、咲子の顔を覗き込んできた。

「咲子さんは？」

「私も、一段落」

「なら、いいね。ずっとこうしていられる」

「生産性のないことですね」

「クールだな。一緒にいることは、意味あることだろう」

「自堕落な私には、罪です」

「罪」

咲子の髪の毛を一房摘み、指先で弄びながらぽつりと言葉を反芻する。意味のない行為。こうして溶けていることは、あまり出来の良くない自分にはもったいない。

天秤があるのなら、いいほうにばかり傾いてはいられないだろう。

「……横になりたい」

つぶやかれた願望に、水海は微笑みを絶やさずに応じる。咲子の脇に手を入れ持ち上げると、自分が今まで座っていたソファに横たわらせる。頭のほうに腰を下ろし、咲子は水海に膝枕される形となった。

「なんですかこれ」

「咲子さんは枕使うでしょ」

「これは水海の膝ですよ」

「えー、嫌？」

「……嫌とかでは、ただ、堅い」

「そう」

というと、咲子の頭は膝から一回下ろされる。頭を支える高さがなくなり、首が逆方向に折れそうで、血が上りそうになっていた。ずりずり仰向けのまま這い上がり、ソファの肘置きに頭を乗せる。これも堅い。

「あ、移動してる」

ちょっと動いただけなのに、何故か咎めるような口調で戻ってきた水海が言う。

「待てできないんだから、」

「犬か何かですか」

「俺と咲子さんだったら、犬とご主人様かな。俺が犬だから安心して」

「…………」

　勝手な言い分に絶句する。するとひょい、ともう一回頭を持ち上げられ、膝に乗せられる。美容室のシャンプー台のように首筋と頭を持ち上げ、膝と頭の間にやわらかいものを挟み込まれる。クッションだった。他の部屋から持ってきたらしい。

「至れり尽くせり……申し訳ない」

「犬だからどんどん使えばいいんだよ」

　目を伏せて視界が暗い中、額にやわらかいものが触れた。

「寝る？」

「寝ません、さっきまで寝てたんですから」

　それに、今は休みである水海がここにいるんだから。眠ったら、時間はするすると過ぎていってしまう。

「なんだか、寝てばっかりです、私。寝ても寝ても、眠いときがあります。寝過ぎですかね」

　滅多に外へ行かない。遊びにも行かなければ、仕事も家でやることが多いので、外へ行かないのだ。また眠いのだろうか、考えていることがぽろぽろと口からこぼれているような気がする。夢だったらいい。夢じゃ嫌だ。矛盾した気持ちというのは誰でも持っていると聞くけれど、自分のだけは許せないのはどうしてだろう。自分だけ、どうして駄目なんだろう。自分が嫌がっている人間なのに、自分も。人が嫌。だから人間である自分も嫌？　新しい担当との顔合わせで使った喫茶店から見えた、幸せそうに二人で歩く恋人同士。友達かもよ、じゃあ友達に、あんなにとろけた顔を見せるの？　幸せそうにするの、手を繋ぐの。こんなのただのやっかみだってわかっている。羨ましいのだと、わかっている。認めない、認めたくない。私は一人だって平気で、大丈夫で、嫌な人間でも自分くらいは受け入れなくてはいけない。ああ、どうして今、母親の冷たい声が蘇ってくるんだろう。いけない子ね、咲子ちゃん。その通りだ。その通りだけど。じゃあ、誰も許してくれない、自分のことを。

「はは、眠くて感情ぐちゃぐちゃだね、咲子さん」

　佐古水海は、どうしてそばにいてくれるのだろう。わからない、わからないけど、聞きたくない。自分の望む答えと違っていたら嫌だから。

「望む答えって？」

「…………………」

「あ、寝落ちした」

　羨ましくない。羨ましくないよ、だって羨ましいと認めたら、これからどうやって生きていけばいいの。独りの自分は、認めてしまったらもっと惨めになる。悲しい、悲しい、悲しくない。本音のあとには決まって否定の言葉。否定しなくちゃ、否定しなくちゃ、しっかり。本音が本音になってはだめ。本音じゃない、本音なんかじゃない。気持ちに蓋をする。

　一生開けちゃだめ。一生触れてもだめ。

　なのにどうして、手を伸ばそうとしているの。だめだって、こんなに言っているのに。

　どうして私は私を裏切ろうとするの。

「コンソメ」

「うん？」

　うるさかった心の中がしんとする。目が覚めたのか。

「何、コンソメって。寝言？」

「……っ」

かーっと顔が熱くなって、頭に敷いていたクッションを水海めがけて投げた。といっても距離が近すぎて、咲子の手から離れる直前で顔面に当たらずに手でガードされてしまう。

「埃たつよ」

「冷静に言わないでください」

腹立たしいですよ、と本気で言うと、真顔だった水海はワンテンポ遅れて「ふは」と吹き出す。何がおかしい。

「それもしかして睨んでる?」

「ええもちろん」

「かわいい」

「…………………」

そうか、こういう男だった。何も驚くことなんかない。それでもひゅっと飲んだ息を、こちらが冷静になって細く吐き出す。感情を荒げたら負けなのだ。だからいつも咲子は負けていることになる。

「ねぇ、コンソメがどうしたの」

「……私も知りません」

どうして寝起きの第一声で『コンソメ』なんて出てきたのか、こちらが聞きたいくらいだ。夢には出てこなかったと思うし、特にコンソメスープを飲みたい気分でもない。けれど夢なんてそんなものだろう、突拍子もないのだ。

「まあいいけど、お腹空いたね」

「……はい」

「別にコンソメで思ったわけじゃないけど」

「それは忘れてください」

「食べいく？　出前？　なんか作る？」

贅沢な選択肢が揃っているが、最後のは家に材料がなかった気がするから難しい。買いに行き、また帰ってきて作るのは面倒だ。買い物時間と作る時間を思うと気が遠くなる。それだけ空腹なのだろうなと切羽詰まっている感じだ。

「どちらでもいいです、早いほうで」

「食べ行こっか」

いつも持ち歩いている小ぶりな鞄を手にすると、水海は立ち上がった。咲子の空腹加減が、かなり限界まで来ていることを悟ったのだろう。

咲子は部屋着を脱ぎ、余所行きの服に簡単に着替える。手の込んだ支度はしない。

化粧もしないのですっぴんのまま、財布とスマホと必要最低限のものを持ち、先に玄関へ向かった水海を追う。

「何食べるー?」

来客用の駐車場に停めていた車のエンジンをかけながら、気安い調子で尋ねてくる。んん、と悩んでいる咲子のシートベルトをしてやりながら、自身もシートベルトを締める。まだやや暗いのは、夜だからではない。

「つっても早朝だし、限られてるか」

「……ファミレス、にします?」

「お、いいねー」

二十四時間営業をしている一番近いファミリーレストランに向かい、車が発進する。出前といっても、こんなに早く営業しているところも限られていた。結局全部、狭い範囲で限られてはいたのだ。けれど、こうして食事に向かって動いているほうが空腹は紛れるし、食事前にしか味わえない高揚感もある。家で待っているだけでは、そわそわとしてしまう。落ち着かなくなって、苛々してものに当たってしまいそうだ。そこまで限界なのか、と聞かれると、咲子の空腹のピークがちょうど今だからだ。これがピークを越えると、きっとけろっとしていて時間になったから食べるか程度の気持ちになるだろう。

「米食べたいです」

「だね」

ピークであっても大人としての威厳みたいなものを保っていたいが、食欲とは三大欲求と言われるだけあり、咲子をもここまで苦しめる。お腹空いたねと意識しただけで、あ、自分ってお腹空いてるんだと理解し急激に食べ物を求めてしまう。

「着いたよ、咲子さん」

「ん！」

もう返事も満足にできない。きれいに駐車された車から飛び出る勢いで降りた咲子を、水海は微笑ましげに眺めていてつい鍵をかけ忘れそうになる。まるで子供のように己の欲求に忠実な彼女は、水海の目にはどのように映っているのだろう、今はご飯に夢中な咲子は、ときどきそう考えていた。

黙々とメニューに目を走らせていた咲子は、はっとすると顔を上げた。

「すみません、私ばかり見てました」

「いや、平気だよ。期間限定の見てたし」

「そっちのにするんですか」

「んー、あんまり迷うと咲子さん待たせちゃうしね。無難なのでいーんだけど」

「無難……オムライスとか？」

「いいね、米だ」

「米と卵です」

珍しくにっこりと嬉しそうに、咲子は笑った。まだ満腹になったわけでもないのに、何故かこうしていることが幸福に感じて、顔が緩んでしまった。水海は、咲子が気づかないほんの一瞬だけ時間が停止した。見惚れた、というほうが正しいのかもしれない。店員が先に持ってきていた水をぐいっと飲んでいるのを見て、咲子も口をつける。ひんやりと冷たくて美味しい。

「レモン入ってますかこれ？」

「ん？　ね」

「レモン水美味です」

「ねー」

水海が珍しくもない笑顔で同調する。咲子はわかりやすく数秒時を止め、すぐに我に返った。

選ぶのが面倒だったのか、水海もオムライスを注文した。食に執着しない人間だ、なんて思いながらも同じものを食べられる喜びなんてものも感じているんだからしょうがない。お腹の空腹に混じってその一方、胸が高鳴っているのは食事が運ばれてくるからではない。腹と胸は近くても違うものだ。

頬杖をついてまだ暗い窓の外を眺めている水海は、先ほどのことを決して忘れてはいないだろう。覚えていてなお、怒りを抑えられている。それどころか怒りを感じている相手と食事までする。いや、そういった怒りではないのは、知っている。不快になったから、嫌いになったからという理由での怒りではない。好きだからなんて、簡単に口にする人間の気が知れないけれど。

しかもそうした言葉を向ける相手を、この男は間違えているんじゃないだろうか。そう口にすれば余計に、怒りを買うんだろうか。その考え自体が自信と余裕と驕りだということに、彼女は気づかない。

「遅いねえ、オムライス」

大して待ち侘びてもいないくせに、そんなことを口にする。それは咲子も思っていたことだが、水海に口にされると話題が他に何もないみたいで、なんだか嫌な感じがした。

「…………」

黙り込んでいる咲子に視線を戻すと、頬杖をついたまま不敵に笑う。

「さっきの気にしてる？」

咲子は声をもらしたが、意味を伝える言葉ではなかった。ただ、こういう男なのだと思う。どんなに気まずくても、そうは見えない。さっきは空腹で夢中で、車にさっと乗り込んでしまったが、あれは水海の仕事用の車だろう。客ではない咲子が乗っても良かったんだろうか。今更で、それを今このタイミングで気にする自分がやけに間抜けに思える。食欲ばかりに気をとられ、本能の赴くままに行動していた自分はいくら人間ぶっていても動物じみていた。

「咲子さん？」

「あ、いや……」

「嫌いになってないからね？」

「なんで、そんなこと言うんですか」

「咲子さんなら気にするだろうから」

「……別に心配してないですよ」

不安になんか、と付け加えようとして口を噤む。

「そう？　それならいいんだけど」

そう言っていても、きっと見抜かれている。見透かされている。昨日今日の付き合いではない。こちらが水海のことを知っていると自負するのと同じくらい、いや、あるいはそれ以上に水海だって咲子のことを知っている。咲子の逆鱗に触れないような言い方を知っていて、そうしている。

それが腹立たしいのに、嬉しい。この感情は矛盾と知りながらも咲子の中で共存している。

「でも、俺さ。咲子さんが自分を陥れるような発言するの、嫌だから」

「は？」

「は？　って」

「……なんで水海が、そんなこと嫌がるんですか」

咲子が咲子をどうしようと、どうでもいいだろう。咲子ちゃんは、いけない子なんだから。それは揺るがないんだから。

「私何もできないじゃないですか」

「いやいや、それは違うでしょ」

顎を手から離すと、少しだけ身を乗り出してきてびくりとする。そのタイミングで店員が現れ、オムライス二つを置いていった。

「ご注文は以上でよろしいですか？」

　珍しく水海が煩わしそうな顔をする。何も罪のない店員は機械のように事務的で、水海の投げやりな感じの応対に気にしたふうもなく「ごゆっくりどうぞ」と踵を返していった。

「……ごめん、先に食べよっか」

「冷めてもいいです、なんですか。何が違うんですか」

　空腹のピークが過ぎた咲子は、食事を前にしてもそれを優先しなくても平気になった。ひどく身勝手で、でもやめられない。水海の言っていることのほうが正しいという確証がまだ得られない。説得して欲しい、と心のどこかで言っている。

「私が私の価値をどうしようと、水海に影響はないはずですが」

　この男が、咲子をどうでもいいと思っていないことはわかっているし知っている。でも、心の半分以上を寄越してくれるとは、思っていない。

「嫌だよ。この際だからはっきり言っとく。咲子さんは咲子さんを嫌いでも、俺はそうじゃない。それなのにこの人間とても価値低いんですよって言われたら気ぃ悪いだろ」

　咲子がぽかんとしているのを見ながら、水海が続ける。

「好きなもんの価値下げられたら、誰だって嫌だ」

ぐっと下唇を噛んだ。どこまで気持ちは言ってもいいのだろう？　嫌だ、変だ、おかしい。こんなところで、こんなことで、泣きそうになる。自分がわからない。

「咲子さんは、嫌われるのも怖いけど好かれんのも駄目なんだな」

不意に笑うから、安心する。その言葉にじゃない。声に、微笑みに、ただ水海がそこにいるだけで、泣きそうになる。手放したくなかったのも本当。でも水海には他に帰る場所がいくらでもあると思っていたのも本当。だってこんなに、こんなに水海はいい人間で。優しくて、穏やかで、一緒にいて安心できる。

「ねえ、やっぱり冷める前に食べよう。もう猫舌でも食べられるよ」

「う……」

「どうぞ、咲子さん」

かちゃ、と音を立ててスプーンを摑むと、二人はしばらく食べることだけに専念した。

「美味しかった？」

「はい。卵ふわふわでした」

「良かった」

夜が明ける。陽が昇ってきて、濃いオレンジ色が水海の頬を照らす。車に二人して乗り込んで、エンジンをかけようとしている水海をそっと窺う。

「ん？　ベルト締める？」

行きはやってもらったことを思い出し、とっさに前に手をやって制止する。手出し無用！　といったふうな佇まいに、内心笑われたかもしれない。

「自分でできます！」

「そう？　でも車なんて乗り慣れてないでしょ、咲子さん。乗ってもタクシーばっかだろうし」

図星を突かれ、顔を見られないよう背ける。シートベルトくらい！　左上からぐいーっと伸ばし、右横にあるものに差し込む。車の各部の名称はわからない。そんな咲子を眺めながら、水海がぼんやりとした口調で言う。

「……別にかっちりしてるのが好きなわけじゃないけどさぁ」

いきなりなんの話だ、と思ったよりシートベルトに苦戦しながらも上目で水海を窺った。なかなか縦線の穴に入らないから、ベルトはベルトとして機能してくれない。まだ発進していない車では、そこまでの危険があるわけじゃないけれど。

「なんです、かっちり？」

す、と手を伸ばしてきて、咲子のシートベルトをあっさりと止めてしまう。かちっとはまる音がして、これで走っても幾分か安全に守られる。車を運転する仕事をしているからか何なのか、どちらにしても水海はとても安全運転だ。咲子は行きの車で、そう思った。なだらかに走って行く。何の危なげもない。信号では、黄色できちんと停車する。アクセルを踏む足も、荒々しくない。守られている安心感がある運転だった。

「あまり形式張ったものっつうの？」

「はぁ……」

なんだか言い方に、遠回りしている感が窺えて不思議に思う。すぱっと物事を言うタイプでもないけど、言うことはさらっと口にしてしまえる男だと思っていたが。おかげで、ベルトの礼も言いそびれてしまう。左の首筋に当たるグレーのベルトに触れながら、まだ発進しない車内で彼の横顔をじっと見る。水海の顔の輪郭がぼんやりとし出すと、自分が眠いのだと実感した。食欲の次は睡眠欲か。ほとほと情けない。

「……寝ていいよ」

やっぱり見抜かれている。

「眠いでしょ、お腹いっぱいになって。赤ちゃんみたいでかわいいね」

「な」

女どころか赤ん坊扱いにむっとするけど、本能とは恐ろしい。これまで自分を甘やかし、自堕落な生活をしてきた罰なのか。

「私をなんだと思ってるんですか」

「咲子さんだよ」

「そうじゃなくて」

「はいはい、着いたら起こすから」

自分は大事な話をしようとしている相手の声に満足に耳も傾けられないのか。情けない、本当に情けない。こんな人間、価値がない。生きていてごめんなさい。こんなときでも、母親の声は脳まで追いかけてくる。咲子ちゃんは、いけない子ね。そう、いけない子です、私は。だって、なんで。大切にしている、大切にしたいと思っている人がいるのに。満足に大切にできない。これは自分が思う、大切の仕方ではない。違う、こんなんじゃだめ。愛想尽かされてしまう。いくら水海でも、こんな私は見限ってしまう。

ああ、それは。

それはとても、嫌だなぁ。どうしよう、どうしよう。

「水海」

「うん？」

「行かないでください」

朝日を後光にしている水海はとてもきれいで、目を開けていたいのに、重たく瞼は下がってくる。

「こんなタイミングで寝ちゃう咲子さんのことも、」

「…………」

——何？

はっとする。少しの間、数秒にも感じる時間、眠っていた。意識が一気に沈んで、また一気に浮上した感じは机に突っ伏して居眠りしてしまったときの感覚に似ていた。足がびく、がくっ？　とする感覚。でもここは、部屋の中じゃない。机の前じゃない。水海が運転する車の中だった。ごうん、ごうん。ほぼ揺れていない車は道路を走っている最中で、左側は景色が流れている。右を向けば、水海が緩やかに運転しているところだった。

「ん、起きた？」

「えわ」

「どした、大丈夫?」

「寝てた……?」

「うん、ちょっとね」

運転して前を向いているのに、咲子が目を覚ましたことに気づく水海は視界が広いなぁなんてぼんやり思う。

「首平気だった?」

聞きながら、水海の左手がこちらに伸びてきて、頭をぽんぽんと叩く。ぽん、とやられる度に前髪がふわふわと上下する。

「ははっ、さっき半乾きだったからかぱさってしてんね」

「……」

「もうすぐ着くよ」

払い落とす前に、その手は離れていってしまった。名残惜しいが、ハンドルは両手で握ってもらっていたほうが安全だ。

頭に他人の手が乗る、なんて普通に考えたら屈辱的なことなのに、名残惜しいと素直に思うのは寝惚けているからだろうか。特に会話もなく無言のまま、咲子のマンションまで帰ってくる。さっき停めていた場所に車を駐車させると、水海も当然のように咲子の家へと戻ってきた。決まっている、話はまだ済んでいないのだから。

「………」

部屋の置き時計を見ると、六時半だった。ファミレスでは食べ終わると、お茶を一杯飲んですぐに帰ってきた。けれど、なんだか落ち着かなくてもう一杯飲もうとお茶をいれようとする。

「紅茶？」

「ん」

「いれるよ。咲子さんは座ってて」

「……水海を、こき使ってるみたいで」

「ふっ、いいよ。咲子さんにならこき使われても」

言い方が面白かったのだろうか、水海が笑う。

「……甘やかされると、駄目人間になる」

もうすでに駄目人間だけど、と内心自嘲するけど、これも口にしてしまえば水海は怒るよ、と言って本当に感情を荒くさせるのか。

「駄目人間かぁ」

宙を見ながらつぶやいて、まあまあなんて背中を押して座っているよう促される。

言いながら、結局は甘やかしている。いいのか、こんなことで。問えば、いいんだよ、なんて笑うのか。

「咲子さん、自分が思ってるより駄目じゃないからね」

心を読まれたのか、とカップを二つ持ってきた水海を見上げる。

「え」

「あ、熱いから気をつけてね」

自分の分の琥珀色にふーっと息を吹きかけ、冷ましにかかる。湯気が揺れ、伏し目がちの睫毛が頬に影を作った。なんとも幻想的な光景に、息をのむ。

無防備な横顔。触れたくなる。そんな衝動にかられて、疼く。

膝に置いていた指先が、痙攣するようにぴくりと動いた。

「熱烈」

見つめているのがバレバレで、そんなふうに言って水海が吹き出す。ばしっと二の腕を叩くと「骨折するって」とやけに楽しそうに笑った。

「いいよ、咲子さんになら見つめられても。いいよ、穴が開くほど見ても」

「……なんですか、それ」

情けない声が出る。信じられなくて、でもどこかでそれが当然のように思っている。

慢心している。

「いいよ」

「ええ……」

「嫌なんですか」

珍しい敬語も、茶化しているだけだとわかる。でも、その問いは本当に知りたがっている問い方だ。

「嫌じゃないです、けど……」

「けど？」

「あなたって人間ですか、大丈夫なんですか、見られても」

「うん？　人間のつもりだったけど。まあ咲二さんが見たいならいくらでもどうぞ、とは思ってるよ」

「顔が、整いすぎているの自覚してますよね」

「……まぁ。っていうと嫌味かな？」

「客観的に知っているってことですよね」

腕が伸びて、指先がその頬に触れる。摘まんで、横に引っ張ると整った顔でも多少崩れた。いや、厳密には崩れていないが。いささか、表向きの顔ではない。こんな顔を、外では、見せていないのだろうかと勝手に考えて嫌な気分になる。

「しゃききょひゃん」

「……嫌になりますね、あなた。こうしても美しいんですから」

「しょお？」

そう？　と言ったのだろうか。そっと手を離すと、水海は摘まれた自らの頬を擦った。

「大胆だなぁ」

「何が、」

「殺し文句」

「……、」

「行動が、すべて。咲子さんは俺を魅了して止まない」

「……調子の良いこと、」

ずざ、と後じさる。

後ろに空間はたっぷりあって、どこで止まったらいいかわからなくなる。

「警戒されてる」

「し、してません、そんなの」

「怖がらないで」

「だから、」

すっと水海の長い腕が伸びてきたと思ったら、手を握られた。びくっとして、とっさに振り払おうとするけど、それ以上の力でいなされてしまった。ぐいっと引き寄せられ、水海の胸の中に抱え込まれてしまう。

「……っ」

胸が、これでもかというほどに締め付けられる。今まで、こうして抱き合ったことはあるのに、今とこれまでとで何が違うというのだろう。

「心臓、すご」

どきっとする。指摘された。恥ずかしい。よほど腕を突っぱねて離れようと試みようとしたが、わずかな力ではびくともしない。抵抗しているとも、本当は思われたくない。

「すごいね、心臓」

「わ、わわわ私の、」

「いや、俺の」

俺の。水海の心臓が、うるさい？

すうと息を吸って止めてみると、指先が痙攣する。どくんどくんうるさいのは、こちらだけではないというのか。わからない、どんどこどんどこと、ひどい高鳴りばかりが聞こえてきて、そんなのがどちらのものかなんて、わからない。

「生きてんなー」

「…………」

「咲子さんといると、実感する」

「え、」

「こんだけ心臓がここにあるって主張してんだもん」

どくん、どくん。

「水海……」

熱い。じわじわと、触れている場所から全身に熱が走って、じわじわと体内で燻っている。どうしたら外に放出できるんだろう。痙攣していた指に、力が入らない。でもぐっと持ち上げ、水海の背中の辺りでふよふよと彷徨っている。抱きしめ返したがっている。でも、いいのだろうか。もう何もかもわからなくて、頭は回っているけど大して機能していない。目も泳いで、部屋に置いてある時計が目に入る。七時。もう、そんなことどうだっていいのに。何が、何が今大切なのか。時間じゃない。そうじゃなくて、なんだろう。

水海の心臓がうるさいっていうのは、どういうことなのだ。

……自分と一緒ということだったら。

そんなこと、あるんだろうか。

「咲子さぁん、呼吸してる？」

ぽんぽんと背中を叩かれ、やがて撫でられる。動かれると、余計に熱が走る。発熱したみたいで、体温計で熱を測ってみたくなる。ああそれもどうでもいいことなのに。

「う」

「うー？」

ぽん、ぽん、とあやすように動く手が止まらない。衣擦れの音。水海と自分の呼吸音。心音。いつの間にこんなに、この家に音があふれているんだろう。

「……っは、」

自分の呼吸が、水海のそれよりも乱れていて、苦しくなってくる。酸素が足りない。今すぐ酸素が欲しい。けれど、このまま彼の匂いに溺れて窒息しても構わない。それはなんて魅惑的な死に方なんだろう。選べるのなら、水海の腕の中で窒息して死にたい。

そう思っていたら、不意に唇を塞がれた。殺される。この男は、私を生かしておいちゃくれないんだ。苦しい中、呼吸する口も塞がれたら、私は。

「んん」

苦しい。でもなんて甘美なんだろう。泣きそうになる。心が満たされていく。

「…………」

唇が離れ、顔を覗き込まれる。咲子はそれでも彼を見つめ返すことはできず、下を向いていた。ただ、顔が熱い。火照っている身体をどうすることもできず、動けずにいて、水海の気配だけをこの身で感じている。

「だいじょぶ?」

掠れて、消え入りそうな声に引っ張られるように顔を上げた。まだ彼の顔を見る余裕なんてないのに、引き上げられた。

すると同じように真っ赤な顔がそこにはあって、驚いてしまった。

「……あなたこそ」

「そうだね。人のこと言えないね」

言いたいことがすっと伝わるのは、ストレスが少なくて大変に気持ちがいい。なんて、そんなこと考えている場合ではないのに。いつだって咲子は、場違いな考えに浸っている気がしてならない。今、考えなければいけないことを、どこか遥か遠くに飛ばしてしまっている。

「はーっ、」

いきなり大きくため息を吐くから、こちらの世界に戻ってくるのと同時にびくっと身体を強張らせた。

「……何ですか、そのため息は」

「ため息じゃない。呼吸だよ」

「大きい、」

「そう、そうでもしないと心臓止まるからね」

「あんなに元気だったのに？」

「過剰運動だよ」

沈黙が落ちる。そうか、心臓も過剰に動いたら、反動で止まってしまうよな。自身の胸を押さえながら、決して他人事ではないふうに思う。

「……咲子さんって、好きでもない男とキスするの？」

己の額を指でぐりぐりしながら、そんなことを問いかけられてぎょっとする。いきなりなんてことを言うのだ。

「は？」

「は？　って。もうこれ以上の質問できないよ。聞き返されても」

「だって……何を、言っているのかと」

「そのままの意味だけど、なんか変なこと言ってる？」

好きでもない男とキスするの？

問いかけがあまりにも、なんというか、咲子にとって突拍子もないことだった。頭が理解するまでに、しばらく時間がかかってしまう。でも、よく考えると、そんなに熟考する問いでもない。手のひらを突き出して、ノー！　と訴える。

「いや、そんな趣味はありませんが！」

「んっ？」

「好きでもない……人と、とか……」

言っていて、この先を言うことで招かれる事態にどんどんひやっとしてきてしまう。ごにょごにょ。なんだ、なんだこの展開は。どうしたら、こんな会話になるのだ。この男と恋人なんて、甘やかな関係なんかではない。なかった。

口元を押さえ、かーっと赤くなる顔をなんとか隠そうとする。でも、髪の間からちらちらと見える耳までには気をつかう余裕なんてなかった。

「……しない？」

「何が、」

「だから、それは、その！　しないかと、聞かれなくても、そんな相手、わ、私にはいるわけない、」

「しないんだね？」

なんとも気恥ずかしい音を立てて、水海の唇が咲子のそれに触れた。

「なっ！」

隙だらけの咲子にはキスし放題と言わんばかりに触れてくる唇から逃れるように、慌てて後じさる。できるだけ遠くに行こうとしたのに、戸棚に肩をぶつけ逃げ場のなさを痛感する。左右にいくらでも逃げられるだろうに、何故か咲子の頭には後ろに逃げることしかなかった。

「警戒すんの得意ね」

「得意とかっ、そういう問題じゃないですよっ！　なんですか、キス魔だったんですかあなたはっ」

「ははは」

咲子の慌てぶりが面白かったらしく、堪えるフリをする様子もなく笑う。それが嘲りに聞こえたわけではないが、それでも小馬鹿にされたとは思う。相手は百戦錬磨で、経験豊富だろうに、こちらはまともに男女交際もしたことがない。恋という恋をしたことがあっただろうか、なかっただろうか。自分の書く小説で、登場人物は当然のように恋愛をしているのに、作者自身はなんの経験もない。恥ずかしいことと思ったことはなかったのに、今は恥ずかしい。知った風に恋愛を書いていたのも、水海の熱に溺れた瞳で見つめられるのも。

恥ずかしくて、どうしよう、と思う。どうすればいいのだ、と途方に暮れる。こういうとき、自身の書く登場人物たちはどうしていたっけ。いや、小説になぞらえるのは違うだろうか。でも、それしか自身に近いものがない。ああ違う。水海は、生身の人間だ。熱もあって、もちろん心臓も動いていて、なんだか生々しい。そう、生々しい！　紙に書かれた文字の羅列とは違うのだ！

「そうねぇ、咲子さん限定ならキス魔でもいいよ」

「生！」

「ん？」

見れば見るほど生。その髪の艶も、頬の白さも潤った唇も。こうして咲子が色々考えているように、水海も水海の考えがあって、気持ちがあって、熱を持っている。それがこんなにも怖くなるなんて。

「生？　ビール？」

「水海は人間で、いや私も人間ですが……。心の内というのがあるでしょう。口ではなんでも、いくらでも言える……」

「ああ、俺のこと信用できないって話？」

「信用してないわけないじゃないですか」

「咲子さんは難解だねえ」

やれやれ、とわざとらしく肩を竦められる。そうだろうか、私はそんなにわかりづらいことを言っているんだろうか。普通のことではないんだろうか。

「んー、まぁ」

下がった分だけ、そのままその場にいた水海はもぞりと動いて、こちらに寄ってくる。びっくりして肩が強張り、だがその怯えを宥めるように、やさしく触れてくる。

「怖がられちゃ、元も子もないからもう何もしないけどさ。誰彼構わずのキス魔だとは思わないでね」

よしよし、と頭を撫でられ、すっくと立ち上がる水海を見上げた。相変わらず背が高い。こちらがしゃがみ込んでいるから、首が直角になるんじゃないかという勢いの傾きだった。

「じゃあ、今日は帰るね」

ひらひら、と冗談みたいに手を振ると、廊下に出て本当に帰っていってしまった。

残された咲子は、放心状態のまましばらく動けず、やがて痺れた足を庇うよう床にパタリと倒れ込んだ。


かたかた、かたかた。うーんと迷って、消す。バックスペースを長押ししていると、消さなくていいところまで消えそうになって「わちゃぁ！」と指を浮かせた。やばい、ちょっと消えちゃった。よくあることなのですぐに諦めがつき、もう一度最後の消えたところから再生させる。さっきと少し表現が変わってしまっただろうか。どちらとも言えない。変わったかもしれないし、さっきと同じ文になったかもしれない。内容は変わっていないので、問題はない。問題はないけど、さっきまで黙々と作成していた文章が意に反して消えてしまうのはやはり寂しい。バックスペースの長押しを止めれば、たぶん回避できる問題ではあるけれど。

あれから数日が経ち、水海からの連絡はない。家にも来ない。その代わりといっては不満だが、蒼田からはよく進捗確認の連絡が来るようになった。

「不見神先生は仕事早いから心配はしてないんですけどね。どうですかーって、聞きたくて」

呼び出されて行ってみるとそんなことを言われる。心配していないなら呼び出さないで欲しい。

「先生、ちゃんと食べてますか？」

「はぁ……はい」

息をするように嘘を吐く人間になってしまった悲しさよ。でもこれでももう二十一歳なのだ。少しに小狡い嘘も吐かないとやっていられないこともある。

「カロリーメイト齧ってるだけとかじゃないですか？」

「…………」

痛いところを突かれ黙る。どこからそんな具体的なものが出てきたのだ。咲子の図星を見抜き、ほれ見たことかと蒼田は眉を寄せた。

「やっぱりぃ。前の担当が、不見神先生はカロリーメイト好きだからってよく言ってましてね。チョコ味は嫌いで、メープル味しか食べないって。でもバニラ味が出てからはそっちばっか食べてるんでしょ？」

　ずいぶん詳しい情報を前担当からもらっているようである。咲子は、無駄と知りつつも反撃に出る。

「……美味しいですよ」

「だめですよ、栄養偏っちゃいます。自炊なさらないのはよくわかっていますが、それなら作ってくれる人とかいないんですか」

「いやいや……」

　それって結構失礼な質問では？

「とにかく、食べないと身体もちませんって。オムライスかナポリタンでも食べます？　ここの美味しいんですよ」

「えう」

　喫茶店ならではのメニューを羅列し、こちらが何か言う前に店員を呼んでいる担当編集、蒼田。余計なお世話以外の何物でもない行為に、うんざりする。経費ですから大丈夫ですよ、と言うけどそういう問題じゃない。オムライスもナポリタンも私一人に食えというのか、こいつは。そんなに頼んで、二人で分けたって食べきれるか。

……って、なんでこんなほぼ知らない人と食事を分けなきゃいけないんだ……。

ん、ぐ。なんか気持ち悪い。気持ち悪い。嫌だな、なんでここにいるんだっけ。打ち合わせ？　違うよね、これ。ただ食を心配されただけで、食べな食べなって攻撃されているだけだよね。親戚のおばさんみたいに、食べなこれ食べなって強要されているだけだよね。

「先生？」

もう、もう、やだ。

帰る。涙が滲んで、少しだけど吐き気もして。やだ、具合悪いなあこれは、なんて。

帰る、帰る、帰りたい。

「失礼します」

店員がナポリタンだかなんだか知らないけど、持ってきたのかと思った。でも違った。

ここにいるはずのない水海がテーブルの上に手を置いて、咲子と蒼田の間を遮っていた。

「咲子さん、具合悪そうなんで回収させてもらっていいですか」

「え、何、君。先生の知り合い？」

「ええ。いいですか、回収」

必要以上のことは何も言わず、相手に圧をかけ有無を言わせず、水海は座ったままの蒼田を見下ろす。咲子は何が起きたかはっきりと把握しきれず、口元に手をやったまま、涙を滲ませたまま目を見開いた。

「あ、別に許可いらんか。じゃ、失礼」

ぽかんとしている蒼田を途端に無視して、咲子に近寄る。肩にそっと触れて、耳元に唇を寄せてきた。

「大丈夫、咲子さん」

「あ……」

「うん、大丈夫じゃないね。とりあえず出よう、立てる？」

足に力を入れるけど、ふらふらする。自身の体重さえも支えられないでいると、水海がひょいと横抱きをした。ぎょっとしている蒼田に構わず、そのまま店から出て行こうとする。

「ちょ、本当に先生の知り合いなの？　大丈夫なの、君？」

「え、ああ。はい。すみませんけど、ここツケといてくれます？　俺財布忘れちゃった」

何も身元が明らかになっていないが、信用される前にさっさと店を出てしまう。背中に、渋い店主の「ありがとうございました」を聞いて、横抱きのまま道を歩いて行く。街中の人の視線は感じるけれど、それを今気にしていられるほどの余裕は咲子になかった。

「だいじょーぶ、吐きそう？」

「んん」

「んー」

近くに停めてあった車の助手席に咲子を乗せると、水海も運転席に乗った。

「揺れ、大丈夫かな。しばらく止まってる？」

「………、かえる」

蚊の鳴くような声もしっかりと聞き取り、水海は了解、とつぶやくとエンジンをかけた。なんでここにいるの？　とか。聞く余裕もない。ここにいてくれることが有り難すぎて、何も言えないから。嬉しくて、聞けない。どうしてここにいるのかなんて。聞いて、夢が覚めたら嫌だから。そのままここにいて欲しいから。

すごく、すごく、安心したから。

「到着」

家に入るとそっとベッドに寝かされた。安堵の息がもれる。自分の家の匂いや雰囲気に、ほっとする。強張っていた肩から力が抜けて、全身がベッドに沈み込む感覚。

「咲子さんて、クリームソーダ好きだったんだ」

ミネラルウォーターのペットボトルを手に戻ってきた水海は、そんなことを言って床にどかっと座った。

「クリームソーダ……」

「さっき飲んでたから」

「あー、蒼田が、勝手に、いつも、頼む」

少しは楽になったがまだ少ししんどくて、敬語も抜けてしまう。

「ふぅん」

キャップを開け「飲める?」と窺ってくる。こくんと頷き、上体を起こすとペットボトルを受け取った。口に含み、ふはぁと人心地がつく。

「冷たくて美味しい……」

ごく、ごくと思っていたよりも飲んで、水に濡れた唇を手の甲で拭った。

「……水海、なんであそこにいたんですか?」

あんなに都合良く現れて、どうしてだろうと純粋に思う。数日間、連絡もしてこなかったくせに。くせに、と別に責めているわけではないが、心のどこかでは恨めしい気持ちもあったのかもしれない。自然と出てきた気持ちは一番の本音で、本心だろうから。

「たまたま、見かけて」

「……」

「っていうのは通じない？」

わからない。かといって、偶然以外に見当もつかないから、それが本当なのかもしれない。

「虫の知らせ、的な。なんか咲子さん具合悪いかなーって」

「そんなの、あるんですか」

「正直に言えば、落ち着かなくてうろうろしてたんだよ。たまたま見かけたのは、本当」

「……すごい、偶然ってあるんですね」

「信じちゃうんだ」

「嘘なんですか」

「いやあ、違うけど……」

ごろん、と床に倒れ込んで、水海の声が遠くなる。上体を起こしたままだった咲子は、首を伸ばして彼の様子を窺う。本当は、どうでもよかった。どっちでもよかった。何が正しくて間違いなのか。あの場に水海が現れてくれたことがすべてで、それに救われたことがすべてだった。追求する気もなかったが、聞かない方が不自然かとも思って聞いただけに過ぎない。

「……ありがとうございました」

ぽつりとお礼を言うと、ぐいんと身体を起こして水海がさっきと同じ場所に戻ってきた。

「え?」

「何度も言わせるつもりですか」

「もしかしてありがとうって言われた?」

「……っ、言いましたけど、何か文句あります」

か、と最後まで言えず、ベッドに座ったままの上体を抱きしめられ、そのまま二人して後ろに倒れ込んだ。咲子の後頭部は枕に守られ、水海の全身もやわらかいマットレスに吸い込まれていった。

「かわいいな、咲子さん」

「はあ？」

　礼を言っただけで、どうしてそういう感想をもらわなければいけないのだ。悪口を言われるよりはもちろんマシだが、かわいいなんて単語を咲子に対して言うのは、この世でこの男だけだ。これまでも、これからも、きっと。

「かわいいだけで飯が食えますか」

　これは自分でもわかる、絶対にかわいくない発言。でも反動で、反発で、こんなことでも言わないと羞恥の熱で焼かれそうになる。

「うん」

　うんって何。あ、かわいいだけで生きていけないよに対してのうん、か。

「うん。咲子さんは、かわいい」

「…………………いい加減、それやめてください」

「かわいいのに？」

「かわいくなんかないですよ、かわいくない代表ですよ」

「……またそんな卑屈になって」

　耳に直接声を吹き込まれ、びくっとする。

「だめだって、言ったでしょ」

「わかったからちょっと離れてください」

早口になって言うと、また耳元でふふっと笑われる。くすぐったい。こそばゆい。そういった類語を集めて、攻撃に変えられないものか。いや、攻撃にするならもっと強そうな単語を選ばねばだめか。

「咲子さん」

「勘弁してください……」

ぱっと離れると、顔を覗き込まれる。次から次へと何なのだ。何がしたいのだ。本当に突拍子もない。

「体調どう？」

「…………え」

「もう大丈夫？」

「え……おかげさま、で」

「良かった」

にっこり笑う水海に、胸が高鳴る。さっきまで抱きしめられていて、耳元に声と吐息を吹き込んでいた水海が、至近距離で自分を見ている。

どうしよう。何が、と聞かれそうだけど、どうしよう、なのだ。

この感じってなんだろう。自分は小説に出てくる登場人物たちみたいに恋愛できるはずない。でも、これは恋愛ではなく、もう一歩手前の片想いというやつに該当するのではないか。とようやく思い当たる。

「えぇ……」

自分の思考に絶句する。こんなにきらきらと輝いて見えるのは、元々整っているからだろう。それは、間違いないけれど。でも、水海のことを好きでもなんでもない人が見るよりも、自分が見ているほうが、きらきらしているんじゃないか。だって、咲子のほうが水海のことを想っているんだから………。

「どした、百面相して」

「ち、ち、近いです」

「え、今更？」

「今更でも何でも、心臓壊す気ですか」

「心臓って破壊したら死ぬのかな」

「死にます」

「俺はぎり生きてる、大丈夫」

「いやいやいやいやいや」

どういう理屈だ。

「咲子さん、心臓壊れそうなの？　それが本当なら嬉しいけど」

「う、嬉しいんですか？」

「そんな真顔で聞かれるんだぁ」

「あなたのことなんてわかりませんよ」

わからないことへの不満を表すように、あるいはぶつけるように、水海の両頬を抓ってやる。

「いひゃあーい」

「ははははっ」

ぶっ壊れたのは心臓ではなく頭だろうか。何故か無性におかしくなって笑い声が出る。こんなふうに笑ったの、何年振りだろう。わからない、もう忘れてしまった。まだ母親と仲が良かった頃にでも、こうして笑っていただろうか。内容なんて覚えていないけど、それでも楽しくておかしくて、母親も笑っているから余計に嬉しくて。

きっと、そう。それ以来は、こんなふうに笑っていなかった。

「好きなんだけど。咲子さんのこと」

唐突に言われた言葉に、世界が一瞬、ぴたりと止まった。しん、となって音が消えて、今ここがどこなのか、自分が誰なのかさえわからなくなる。咲子という人間を好きと言った水海の存在だけを理解できて、その咲子さんとやらは幸せ者だなぁなんて感想を抱いた。心も頭もぶっ壊れているから、思考が上手くできない。頭は回っているんだろうか、停止しているんだろうか。そんなこともわからないまま、これは現実逃避かと思った。ではこれは、夢うつつの世界であるのか？　本気でいろいろわからなくなってきた。夢、夢ならば水海は好きと言うかもしれない。

夢でだけなら、水海は自分を好きだと言ってくれるかもしれない。

「……おーい」

水海が手を左右に振って、意識の浮上具合を確かめてくる。その事実はわかるのに、それがどこか遠い場所で起こっていることのようで、やはり遠い。夢だから、自分に浮いているのかもしれなかった。

「迷惑だった？」

「……え、私？」

「あんただよ、何回でも言うけど」

「えっ、ええ」

「フリーズ長いよ、咲子さん」

咲子さんは天才なんだから、もっと復旧早くして。

なんて、水海が言う。言っている。ええ。ええ。しつこいくらいにえ、という文字を頭の中に巡らしていく。

「ほんと、進まないなぁ」

やれやれ、と竦めた肩から力を抜くと、後ろに手をついて咲子から距離を置いた。

え、え、とまだ繰り返している咲子に呆れているんじゃなくて、少し楽しそうに、それでも少し悔しそうに、微笑んでいる。

「ま、いいけど。って、何回言ったかな。でも咲子さんの気持ちが一番大事だから、待つけどね」

「好きって言いましたか？」

「うん、あんま言うと軽くなるから嫌なんだけどね」

「何が、」

「何が、じゃなくて誰が、が正しい問いね。あんたが」

「私って咲子ですか、咲子ですよ、ね」

そう、そのはず。いけない子ね、って母親に言われ続けてきた、咲子ちゃん。

「だって………いけない子なの、私」

男子を殴ったりしていたの。昔のことだけど、もう記憶も朧げな過去のことだけど、消えてなくなったわけじゃない。今でも残っている事実。人を傷つけてはいけません。人を殴っちゃいけません。散々習ってきたはずだった。でも、だって。それでも、自分は拳を握った。なんで握ったんだっけ？　私はなんで、何かを守るために拳を握っていた？　いけない子。いけない子。親も先生も、手を焼いた。正当化できる理由は何もない。ただ、男子に勝てるのが嬉しかった。誰よりも強い、と証明できるから。弱くない、私は弱くなくて強い。弱いと、なんだろう、なんとなく駄目な気がしたから。強いとかっこいいから。弱いとかっこ悪いから。うん、今ならわかるよ。昔の自分って、ものすごくかっこ悪かったんだね。その力の強さを、わけもなく発揮して。見せたいがためだけに振るってきた拳は、責められるべきものだった。申し訳ございませんでした。何回、母親は相手の親に頭を下げていた？　それすらも勲章と思っていた自分はなんてかっこ悪くて幼稚で、馬鹿だったんだろう。

ごめんなさい。

ごめんなさい。

ごめんなさい。

「だったらこれから人に優しくすればいい」

「え……」

誰？　水海が、しゃべっている。まっすぐに自分の目だけを見て、間違えようのない、目が。自分に、咲子に、話しかけている。いけない子ね、って冷たく見下ろしてきた母と違う何かを、言っている。

「誰かから責められたって、俺は責めない。そういうのって、子供の残酷さで、仕方ないことだと思うから。いけないことだけど、だったらこれからもっと、他人に優しくあれば全くチャラ」

って、俺は思う。偽善かもしれないけど、好きな人にはいいこと言いたい。水海が、頭を掻いてそう言った。

「そんぐらい何？　これしきで俺が離れると思ったら大間違いだよ」

「水海、」

「なに？」

「あなたって、物好きですね」

そんなつもりないけどな。水海は、笑った。屈託なく、きれいに。無邪気に。

「だぁぁぁぁ」

終わらない。締め切り前日。スマホは着信を知らせすぎ、うるさいので放っておく。あのね、電話に出るよりも手を動かしているほうが有意義だと思うの。なのに蒼田はどうして着信をよこすのでしょう。

エンターを連打し、かん、と打ち込んで変換も連打する。完、やっと出てきた。エンター。しかしこれで安心はしない。メールフォルダを起こし、蒼田宛てにデータを添付して送信する。これで終わりだ、正真正銘。あ、推敲したっけ。

「もーいいや」

当然よくないけど、疲れてしまった。もう、疲れた。向こうでなんとか、どうにかしておくれ。叱るなら叱ってくれ。嫌だけど、泣きながら聞くから。寝たい。眠い、寝たい。

どさっとベッドに倒れ込む。

「咲子さんのんきに風呂入ってるから、追い込まれるんじゃないの？」

「………いたんですか」

「うん、仕事終わりに寄った」

「寝るから構えません」

「うん、いいよ」

「……自分の家に、ちゃんと帰ったりしてるんですか」

「してる」

「どうだか……」

「信頼されてねー」

はっは、と可笑しそうに笑っているけど、笑いどころではないと思う。眠いから様々なことがどうだっていいけれど。だから水海がここにいることも、咲子が風呂に入ったのを知っていることも、自宅に帰っているかどうかも、大したことに思えない。すや、と眠りに落ちていく。こうして水海がいる空間で眠るのは、とても落ち着くから不思議である。他人がいる空間なんて、息苦しいだけだと思っていたのはいつまでだった？

「お疲れ様」

そう労ってくれる。自分で自分を褒めるのが苦手な咲子にとって、こうして水海が言ってくれるのは、大げさだけど生きている意味になる。誰にも褒められないと、自分で褒めるしかない。でも咲子はそれができないから、その誰かが存在してくれないと、駄目になる。

だから、その存在には伝えるべき言葉がある。

「ありがとう」

掠れてしまったお礼の言葉に、水海は幸せそうに目を細める。こんな、何も返せていない人間に、そんな顔をするなんて不思議だ。何も得ていないのに、胸がいっぱいみたいな顔をするなんて、咲子にとっては不思議だ。不思議ばかりだ。もっと、なんだろう。豪華な食事をごちそうするとか。行きたい場所まで連れて行ってあげるとか。お礼の気持ちを表現する方法ってたくさんあると思う。これっぽっちの言葉で済ませるのはずるいというか、なんとも安上がりではないか。いっそ現金でも渡したい、いや、商品券？　ギフト券？　自分だったら図書カードが嬉しい。おっと、油断すると自分のことばかりなこんな人間、どうしたって水海みたいな存在にそばにいてもらうのはもったいない。もっと報われるべきなのだ、佐古水海は。こんな人間のそばにいたって、なんの利もない。そんなことばかり言いながら、いてくれて嬉しい。そばにいるのが、自分であることが嬉しい。言っていることが矛盾している。もっと幸せになって欲しい。できれば、遠くではなく、自分のそばで。

「咲子さん。眠くなると感情だだ漏れなの知ってる？」

次に目が覚めたとき、軽食を作りながら伝えられた言葉に絶句した。なんと反応しろというのか、いやそもそも反応など求められていないのか。

「……ん？　だだ漏れ？」

感情がだだ漏れ。漏れている。伝わってしまっている。

「だから俺、咲子さんの考えてることとか知れていいーんだけど、ちょっとズルしてるみたいかなーって」

「えぅ。わ、私ってそうなんですか」

「うん」

「お、お礼を言ったのは……覚えてます。それだけ、でしょう？」

たった一言をだだ漏れというのは、語弊があるのではないか。

「俺も図書カード、嬉しいよ」

「…………」

あれ、口走っている？　考えていたことを読み取られたんじゃなければ、自分が口走っていたことになる。

「でも、咲子さんがいるだけでいいよ」

ポットからカップに、琥珀が注がれる。それを目で追ってから、水海の顔を見上げた。紅茶をいれることに集中していたのに彼は視線に敏感で、こちらを向く。にこ、と微笑まれ、つられて不格好に口角を持ち上げる。ひどく引きつった笑いになっただろう。ぶは、と吹き出し、水海は「ははは」と笑う。ああ、こんな風に無邪気に笑うのを、ついさっきも見た気がする。

「あのさー、俺って急ぎすぎかな」

「はい？」

「咲子さんに言いたくて仕方ないんだけど、咲子さんのペースも考えないと、だし」

「私に遠慮してるんですか？　いいですよ、別にしなくても。私だってあなたにそんなのしていないし」

「わかってて言ってんの？」

「……はい？」

紅茶がぽつんと置いていかれて、水海の全意識がこちらに向けられた気がした。幾度ともなく感じたことのある感覚に、いつまで経っても慣れない。いつまでも、びくりとしてしまう。決して敵ではないと知っている。自分に害をもたらすものなんて思っていない。そういったものではない、また別種の緊張。

「よしよし」

「なんですか、いきなり」

頭を不意に撫でられ、むっとして見上げる。話をはぐらかされた気がした。困ったように笑うその表情の意味が、わかるようなわからないような。わかっているのに、わからないフリをしている?

「言い方変えよう」

「ん?」

「俺は、小動物に対する愛情で咲子さんに接してないよ」

「当たり前です、一応人間ですから」

「そうだね。でも、人間だけど、それとね。女性として見てるからね」

「…………………はぁ」

「あんたって本当に天才かわからなくなるよ」

絶対にわかってないだろ、その顔は。と言われ、むむっと唇が尖る。

「私だって、あなたが男性とわかっています」

「……はは－ん」

いきなり不敵に微笑んで、水海はそうかそうか、と言いながらカップ二つを持って咲子をリビングのほうに促していく。

「もうお子様と思ってないよ、わかってる？」

「わ、わかってます」

「咲子さんて、俺にだったら何されてもいいとか思ってる？」

なんだこの質問攻めは。

「言っている意味が……」

「わかるよね」

「ぐぅ……っ」

「こういうやり取りも嫌いじゃないんだけどね、そろそろ手、出したいわけよ」

「手……っ！」

とっさに水海の、膝に置かれている手を凝視した。すい、と持ち上げられて目で追うと、ひらひらと振られる。

「そういうの猫っぽいけど」

「関連物を追いかけただけです。小動物ではないんでしょう、私は」

「うん」

ぎゅーっと抱きしめられる。心音が近くなって、ぬくもりがそばにあって、安心する。

「触れたいの、好きな人に」

「……さすがにわかります。言い逃れできません」

胸の辺りにぐいぐいと額を擦り付ける。

「でも、他に相手がいる人に、ほいほいとついてっていいんですかね」

自分は思ったよりも潔癖ではないらしい。でも、はしたないと思われるのは心外である。ほかの人間に触れた手で触らないで欲しい、くらいの気持ちはあるかもしれない。でも、自分も。水海に触れたくて仕方ないから、もうなりふり構ってなどいられないから、手を伸ばしてしまうけど。水海は何を言われたのかわからない、といったふうに首を傾げた。

「……うん？」

「水海は、他にいますよね、相手」

以前は言葉にするのをあれだけ躊躇っていたのに、するっと口から出てきてしまった。そうだよ、と言われるのが怖いわけではないけど。悲しかったりは、するけど。でも肯定以外のものが水海の口から吐き出されるとは思っていなかった。

「えっと、いないけど。どっから出てきた情報？」

「…………!!」

雷のような衝撃。もうずっといるものと思っていたのに、それをいきなりいないと言われて、戸惑いでいっぱいになる。いや、腹の底はわからないぞと真意を探るように瞳を凝視するけど、戸惑っているのは向こうも同じようだった。お互いに戸惑い、疑問符を大量放出していた。それぞれ自分が正しいと思っているけど、相手がそう言うなら、どうなの……？　状態であった。

「……仮にいたとしても、咲子さんが本命……ん、この喩えはまずいか？」

「え、え、いるでしょう。だって、いつも違う匂いしますもん」

しどろもどろになって、両手を上下に振る。否定は嬉しいはずだけど、そうじゃない。確証があったから、咲子は水海にほかの相手がいるなんて思っていたのだ。水海は咲子の言葉に唸った。

「匂い……んあああ」

そっか、そっか。あー、と得心したようだった。

水海は己の髪の毛をわしゃわしゃっとかき混ぜた。一体何が起こったのか、わからないまま目をぱちくりとさせて見守る。

「ごめん」

「ごめん？」

この場面での謝罪に何故か目つきが鋭くなってしまう。

「いや……なんつうか……。咲子さんといるとオープンになるっていうか、丸裸にされちゃうな」

「はだっ」

「あ、物理じゃなくて。心理的に」

「わかってます！」

「じゃあなんで動揺してんの」

「脱線してません!?」

「相手って……あー、そういうこと」

額を押さえ込み、んああと唸っている。咲子の方は、いるんじゃん！　と自分の正しさを認められたかのような勝利した感覚、遅れてやってきたもやりとした感覚を持て余した。

「えっとでも、つまり咲子さんは、俺に他の相手がいるのが気になる、ってことだよね」

「し、真実が何かをですね、証明するために」

「えー。真実が知りたいだけ？」

だけか、と聞かれると……どうなんだろう。こんな宙ぶらりんな気持ちのまま、違うと言っていいんだろうか。

「いやあ、咲子さんには常に正直でいたいと思うよ？　でも、このことは……言って嫌われたら嫌だし」

「嫌いませんよ」

それだけは本気だ。安らぎを与えてくれる水海のことを、そう簡単に嫌いになれるわけがない。安易に嫌いになれる人間を、そばに置いておけるわけがないんだから。

「うわ」

「なんですか、うわって」

失礼な、とジト目で見つめる。

「嫌わないでくれるんだ」

「今更そこ言います？　嫌いになる要素も別にないですし」

「……すっげー殺し文句」

「普通のことだと思いますけど……」

「咲子さんが言うから、殺し文句なんだよ。俺にとって」

はあ、と流すようにつぶやくけれど、内心穏やかではない。いや、この男といることは心を穏やかにすることに通ずるけど、今の穏やかじゃない感じはそれを裏切る。別種のものとわかっているのに、落ち着かない。

「仕事で……まあ、そういうこともある。けど、相手にはなんの感情もない。咲子さんは潔癖そうだから、そういうのもしかして嫌だよ、ね」

「……そんな、急に弱気にならなくても」

まるで雨の日に捨てられた犬のようにしゅんとし、飼い主を求めるような瞳は宙を彷徨う。そんな空気感を醸し出す彼のそれは、この場を逃れる手段かもしれない。でも小狡さはあってもいいと思っている。大人なんだから。大人だからなんでも許せるように聞こえるかもしれないけど、そうじゃなく、自分が相手を一人の人間として、その行いを許せるかどうかだけの話である。咲子は水海が狡くても、それを許せる気持ちを持っている。

「仕事なら、仕方ないいんじゃないですか」

「仕方なくないよ。オプションだし、咲子さんが嫌ならやめたっていい。報酬がいいってだけの理由だし」

「…………」

そんな、全部をこちらに委ねてくるのは狡い。同じ狡さでも、なんだか種類が違う。

感情にも狡さにも、種類はたくさんあるなぁ。咲子が嫌ならやめたっていい、咲子が容認すれば続けたいという意味だ。そんな経済面で大切なこと、咲子の気持ち一つで止めて欲しいなんて言えない。咲子が水海を、養えるわけでもないのに。

「客を失うのと咲子さんを失うのは比べることじゃない。咲子さんのほうがいい」

「……そこまでの価値、本当に私にあるんですか」

「ある」

はっきりと断言された。有無を言わせぬ勢いに、ぐっといろんなものを飲み込まされる。実感はしていないのに、そうだと頭から認めさせられてしまう。

「私にはわからない」

「自分の魅力を自覚してないとこもいい」

「……あなた、私にベタ惚れみたい、ですよ」

否定して欲しくて、唇を歪め、らしくないことを言ってみる。

「ベタ惚れだよ」

「…………っ」

「みたいじゃなくて、ベタ惚れよ」

「い、いいですからもう！　ちょっと口閉じてください」

「あんた言い出しっぺなのに」

言葉を封じられてしまって残念がるように唇を尖らすけど、気を取り直しにこっと笑うと、咲子をじっと見つめてくる。

「……み、見ないでください」

「注文多いな」

口を開くな、こちらを見るな。確かにああだこうだとうるさい。それでも、仕方ない。言葉は言葉として、咲子の胸に浸透する。嘘や冗談でここまで言う必要ってないのでは。水海は、本当に、本気なのかもしれない。しかし、こんな自分を好きになるのは水海にとって損になるのではないか。何が悲しくて、嬉しくて、こんな人間を好きだと言って、こんな人間と一緒にいたがるのか。そりゃ、咲子は水海のそばにいられればいいと思っている。でもそれはこちら側の都合で、水海の幸せを考えると、どうなのだろう。もったいない、無駄な時間になってしまうんじゃないか。いけない子ね、と言われ続けてきた咲子。しかし水海は、これから人に優しくすればいいと言う。核心にそっと触れるような言葉は、水海の誠意だ。それは、刺々しいものではない。ふんわりとやわらかくて儚いもの。下手すればすぐに消えていきそうな幻想。……幻想。

正面から、水海を見据える。きょとんとしている表情を、じっと見つめて、照れからすいと視線を逸らしてしまう。直視ができない、あまりにも眩しい幻想。幻想はきれいなものだ。

「なぁに」

「なにが、」

「見てるから」

「ちゃんと実在しているか見てるんです」

「実在するかを確かめたいなら、触れたほうが早くない？」

え、と声をもらすうちに手を取られ、その手を彼の胸へとあてがわれる。

「前にも言ったでしょ、咲子さんといると心臓がここにあるって主張してくるって。こんなに動いて、ここに、いるんだよ」

「水海……」

「夢か何かと思わなくていいよ。俺はここにいるよ。咲子さんのそばにいるから、生きてると感じられるんだ」

咲子さんは、そうじゃない？

水海がいるから、生きていると感じられる。心臓はうるさくて、破壊されてしまいそうで。身体は生きていると強く主張して熱くなる。熱が、爪先から頭のてっぺんまで巡っていく。これは、水海と一緒にいるときだけに起こる現象で、水海と一緒にいないときも水海以外の誰かといるときも感じない。登場人物たちが当たり前のようにしている恋愛は、咲子にとっては当然じゃない。自然にできるものじゃない。でもこんなにも脈動している。生きている。好いた惚れたの甘いだけの世界。身体も心も溶けてしまうんじゃないかと危ぶんでしまうほど。強く惹き付けられる。

「……あなたが、この世界に存在していることが尊いです」

「そっくりそのまま、お返しするよ」

「なんで、私なんですか。私なんか、私なんか」

「だめだって、それ。咲子さん、咲子さんをめちゃくちゃ好きなやつに失礼じゃない？」

「だって、わからない。私、とてもポンコツなんです。……聞きかじりの知識なんです、所詮、私の書いているものなんて。人に読んでもらう資格、なくて。でも書いていない私は、どうしても価値がなくて」

あ、だめなやつ。これ。

どこまでも、どこまでも落ちていく。

どうしてだろう。眩しいものが前にいて、影が濃くなってしまったのかな。

「わからなくても、いいよ」

「いや、だめ、だって水海、こんなちっぽけな人間、他にいませんよ」

「……自己嫌悪きついなぁ」

「そう、私は私が嫌いです。だって、なんで、私ってこうなんでしょう。もっとちゃんとしなきゃいけないのに」

ぼろぼろと、自分を痛めつけるための言葉があふれて止まらない。

水海の気持ちが本気と知れば知るほど、己の価値のなさに辟易してしまう。嫌になる、それでも自分は卑しくも、水海を求めて止まない。

「咲子さん」

「水海みたいな素晴らしい人間じゃないんです、もったいないです、あなたのそばにいるのが私なのは」

「怒るよ」

びくっと肩を揺らした。母親の影が、浮かび上がってくる。

「いや……怒るっていうか……」

その怯えようが今までよりも色濃かったためか、水海も若干戸惑ってしまう。水海側からしても、ここまで卑屈なのは驚きだった。昔の蛮行を、親に叱られたからといって、ここまで自分を痛めつけるものなのか。

困った。どうしたら、その呪縛を解いて自分の胸に飛び込んできてくれるのか、と。俯いてしまって、きっとそれどころではないであろう咲子のつむじを見つめる。

がしがし、頭を掻く。

「咲子さんも、俺と同じかと思った」

ぴくり、と肩が微かに反応する。その肩に手を触れたくて、でもそれは今じゃない気もして、ぐっと拳を握った。

「咲子さん、俺の存在が尊いって言ってくれたじゃん。俺のこと嫌いじゃないよね？」

「……嫌いじゃないから、困ってるんですよ」

「困ることないよ。利害は一致してるじゃん。俺は咲子さんから離れちゃうことのほうが困るって言ってんの」

「だからっ、それがなんで」

「あんたが自分を嫌いでもいいけど、いや、良くないけどさ。俺の気持ちまで決めつけちゃったら、だめだよ。俺は好きだって言ってるじゃん」

あーあ、あんまり言うと軽くなるなぁ。

嫌そうにつぶやく。それは、分からず屋の自分の所為に他ならなくて、下を向いて唇を噛む。

「私だって、水海が好ましいですよ。でも」

「でもってなし。好ましいなら、それでいいじゃん。そこででも、ってなるとややこしいから」

「……………納得できない」

「あんた脳内相当入り組んでるな。あ、悪口じゃないからねこれ」

念のため。咲子はわかっているんだわかっていないんだか、口を噤んでしまう。

「……………」

ああ、水海が困っている。こんな自分の対応なんて面倒に決まっている。それなのに、放り捨てないでいてくれるのは何故か、なんてこれまで何度したかわからない問答だ。

本人に聞いても、そういうとこも受け入れられるから、としか言わない。そんなにすべてを、容認できるものだろうか。こんなにも面倒なら、捨てたほうがきっと楽なのに。楽なほうを選ばない彼を、どこか遠い目をして見ている自分がいる。

嬉しいくせに。手放さないでいてくれるのが、この上なく嬉しいくせに。矛盾の生き物。矛盾、矛盾、矛盾。頭が痛い。

「……シャワー、借りていい？　ちょっと頭冷やしてくる」

「は、い」

途切れた返事に、苦笑して。頭にぽん、と手を置いた。

どんな表情をして、私の頭に触れたのだろう。もうそんなこともわからなくなってしまった。水海は、いつも微笑んでいて、自惚れかもしれないけど幸せそうで、だから勘違いしていたのかもしれない。彼の言葉をそのまま受け入れたい自分は間違いなく存在する。

でも、それと同じくらいの強さで、それに甘えていては駄目なんだとも思う。本当だったらいい、でも、こんな自分を相手にあり得ない。咲子さんを好きなやつに失礼。そう言ったけれど、そんな人間がこの世界のどこを捜してもいるはずないと思う。いて欲しいと願ったことさえない。なのに、水海は咲子を大切に想っているように、大切そうに振る舞うから。

笑うから。好きだと言うから。勘違いしてしまうのも仕方ない。だって、そういう風に見せるのが上手いんだから。

落ちていく、落ちていく。どこまでも。底がない、底なんてない、この爪先が地に着くことはないまま、沈んでいく。

そんな自分の思考に、また落ち込んでいく。

悪循環。

水海の言うことを信じたいけれど、自分への嫌悪がそれを邪魔する。信じて、やっぱりお前はいけない子だ、と呆れられて離れて行かれるのが怖い。だから人って怖い。だからこちらから歩み寄らなければいい。心を開かなければいい。そうすれば、絶対に傷つくことなんてない。心を常に閉ざし、他人と関わるのは最小限にする。それでいい、それで良かったはず。

でも、水海がいると勘違いする。そばにいたいと願うことがもう間違いで、水海を解放してあげなきゃいけない。自分の元に縛りつけておいてはいけない。傷ついたらもう、立ち直れない。

「水海」

洗面所まで行くと、恐らく湯に浸かっているだろう彼に呼びかける。ぴちょん、と天井から水が滴る音だけが聞こえた。本当にここにいるのか、疑いたくなるくらい静かだ。

「……もう、来ないで、くれませんか。私と、もう、会うのをやめましょう」

聞こえているのか、いないのか。返事はない。湯船で身じろいだのか、湯が跳ねる音がする。

「私、私……あなたのことが好きです。だから、こんな私の元にいつまでもいなくて、いいいんですよ」

しん、としている。もしかして、いないんじゃないか。シャワーを借りると言って、そのまま帰ってしまったんじゃ、と不安に駆られる。

「水海、……いないんですか」

戸に向けて、少し声を張る。ざっぱぁと大きな水音がしたかと思ったら戸が向こうから開けられ、水海が顔を出した。

「咲子さん、今から言いたいこと言うけど、嫌わないでね」

にっこり、と全身濡れたままの水海が笑って、前置きをする。ひゅっと息をのむ、と、胸ぐらを掴まれて今まででは考えられないほど強引な口づけをしてきた。

「こっ……の、馬鹿！」

「っぱ、」

「ずうぅぅうっと聞きたかった言葉を、顔も見ずに言うなよ！」

「……っ」

「会うのやめましょうって何、馬鹿か？　語彙力なくてごめんね！　でも咲子さんって思ってた以上に馬鹿なのなっ！　そんなのやだから、もう会わないなんて嫌だから！　来ないでとか傷つくから！」

「水海、」

「泣くぞ！」

「……もう泣いてるよ、」

お風呂に入っていたから、正直涙が出ているかどうかなんてわからない。でも、水海の心は間違いなく泣いていた。びりびりと伝わってくる想いは、他のどんな伝え方をされてもここまで響いてこない。

息も吐かせぬ勢いだったけれど、ようやく呼吸を取り戻すことができた。

バスタオルを用意すると、水海の胸に押しつけた。

「ちゃんと拭いて、服着てきてください」

「咲子さ、」

「嫌いません、待ってますから」

さっさと洗面所から飛び出し、冷静になると、男が風呂に入っている現場へ乗り込んだ自分が痴女に思えて恥じた。抱えた頭をふるふると振って廊下に佇んだままでいると、服を着た水海が後ろから慌てたように追いかけてきた。

「すっ、すみません、覗きとかではないので！」

弁明するけど、覗き以外のなんでもない気がしてきて、申し訳なくなる。異性が風呂に入っているのを承知で洗面所まで来るのは、つまりそういうことだ。違う、そんなつもりじゃなかったのに。

「いいよ、咲子さんになら見られても」

「……そうですか」

と言いながらも納得はできていない。私は痴女、と心の内で唱えている。

「あのね、俺、誰にでもそう言ってるわけじゃないんだよ」

「え？」

「誰彼構わず、あんたになら、とか言ってるわけじゃない。咲子さん、だから。咲子さん一人だけ。咲子さん限定。他の人間には言ってない」

「…………」

「この意味わかるでしょ」

「わ……」

「かるよね」

　う、と顎を引くとそれが頷いたかのように見えてしまい、水海は満足そうに笑う。良かった、と言って。……良くない、まだ、ちゃんと理解できていない。したい。ちゃんと水海のこと、理解したい。その上で、笑って欲しい。

「……笑わないで。まだ、だから。まだちゃんと、できてない。私、水海のこと、もっと知りたい。知って幻滅しちゃうようなことでも、知りたい。水海は、私の嫌なとこいっぱい知ってて、それでも、私に馬鹿って言ってくるような、人だから」

「……馬鹿って言ったの怒ってる？」

「水海のは、そのままの意味じゃなくて、もっと違うように聞こえる。私を思った上での言葉に聞こえる。……昔、男子によく言われたような嘲りじゃなくて、自分を粗末にするなって、怒ったんですよね」

　俯き、自信のない答えを提示する。自分が着ているパーカーの裾を、意味もなく弄ぶ。

「さすが咲子さん、飲み込み早いねぇ」

　よしよし、と撫でられたので、茶化さないでくださいとその腕を振り払う。だって、お遊戯会を成功させることができた子供ではないのだ。ちゃんと大人なのだ、これでも。わかろうと必死で、それは恋心からくるものだと思っている女なのだ、これでも。

「合ってる。俺が言いたいこと」

「……これ言ったら、怒るかもわかりませんが」

「うん？」

おいで、とソファに座るよう促され、浅く腰かけた。

「まだ、怖いんです。信じられない。自分の感覚だけがすべてなんです。あんなに笑って、愛してくれていた母は、もう私を愛してはいないんです。高校を卒業して出て行くときも、それはもう歓迎されていて。ああ、母は私がいなくなるのが嬉しいんだなって。そんな、人間……また誰かに愛されるなんて、信じられなくて。あなたが、というわけじゃありません。他の人間が。怖い、です」

ああ、愛されていたかったんだ、と今更自覚する。何でもないことのように、どうだっていいなんて言って、その生い立ちさえ武器にしようと思っていたのが、こんなにも脆いものだった。

「……怒らないよ」

水海は静かに言った。

「でも、信じ、たい。怖いけど……他の人は、信じられなくても、あなただけは、信じていたいと思うんです」

「うん」

いつもと違う、満面のそれではなく、よくよく観察しなければわからないほど小さく口元や目元を緩ませているのを見つめて、瞳が揺らめくのを感じた。なんて優しく笑うのだろう、この人は。信じたいと、自分が口にしただけなのに。信じるではなく、ただの願望を言葉として紡いだだけなのに。

「……嬉しい」

「嬉しい、ですか？」

「うん。抱きしめてもいい？」

「……いつも、勝手にするじゃないですか」

ああ、かわいくない返事。それでも愛おしそうに見るのは、かわいくない返答でもかわいいと思ってくれているからなんだろうか。

「それじゃあ、失礼します」

百戦錬磨であろう彼が、緊張したように身体に腕を回してくる。咲子もはい、とか、どうぞ、とか言葉が浮かんだけれど口にする前に包まれた。ふわりとした感覚。自分の身も心も守られているような安心感。完璧なシェルター。自分を害するものが何一つない場所。

　以前、穏やかさをくれる存在だった彼は、今は、安心をもくれる。

「今まで緊張を、茶化して誤魔化してた。……今回は、誤魔化しきれない。咲子さんの意思込みで、触れるのははじめてかもしれないから」

「百戦錬磨の名が泣きますね」

「は、俺？　そんなんじゃないよ……。本気と遊びじゃ、違うんだよ。どんだけ経験積んでもね。本気の練度、恐ろしく低いからね、俺」

「……そう、ですか」

「照れてる？」

「別に…………」

「そっかぁ」

　見なくてもにこにこしているのがわかった。顔が見えないからか、正直な言葉がついこぼれる。

「こうしてるだけで、すごくいいものなんですね。こんな頭の軽そうな、抽象的なこととか私が軽々しく言う日が来るなんて思いもしなかったですけど」

「恋愛すると人は馬鹿になるからね。咲子さんだけじゃないよ」

うん、ともつかない声をもらすけど、胸に顔を押しつけてくぐもってしまった。こうして顔を近づけると、心臓の音がすごく速い。自分も脈動しているから、これが水海の、これが自分の、と区別することは難しい。

「ほんと、頭悪くなる気がするなぁ」

「すみません」

「え、俺だけじゃなくて咲子さんもでしょ。自分だけまともなフリしてもだめだよ。……だってさ、今、頭ん中咲子さんだけなんだよ。理性的なこととか、何にも頭にないの」

「…………」

言葉を発するのも馬鹿みたいに思える。だって、伝わっているだろうから。今、水海が言ったことは、咲子だって同じだから。同じ内容を繰り返すことほど、馬鹿馬鹿しいことはない。

ぐう、と腹の虫がなる。

「お腹空いた？」

「ん、眠い」

「空腹に逆らっちゃいかんよ、ほら、なんか食べよ」

「別に空いてないです……、微睡んでるみたいに、心地よくて、それに、なんか胸がいっぱいで」

「…………」

「水海?」

なんで黙るんですか、と顔を上げようとすると、頭を抱え込まれた。

「むぐ、」

「俺も」

「…………」

思いがけなく同意され、なんだか気恥ずかしい。先に自分が恥ずかしいことを言ったのに、同意したほうの水海の所為にする。もごもご、と顔が胸に押しつけられた状態で、何かを紡ごうとすると言葉にならない。今は何も言わなくてもなんでもかんでも伝わってしまうような気がするけど、なんだか話したい気もする。またも矛盾に支配されているが、嫌な感じはしない。

「みずうみ、」

「なに、めっちゃ呼ぶじゃん」

「呼んじゃまずいですか」

「んー、ちょっと」

　衝撃だった。まさかここでまずいと言われるとは思っていなかった分、ショックは大きい。

「だって……かわいいんだもん」

「は？」

「は？　って言うときの咲子さん、声がいつもより高くなってかわいい。ていうか、いつもかわいいいんだけど、今、めっちゃ呼ばれるとたまんない」

たまんない。

　反芻させて、なんだか色々考える。でも、堪らないのはけっこう自分も一緒だった。胸がいっぱいで、表現しきれない気持ちがぶわっとあふれて堪らない。どうしたらいいのかわからないほど。

「あの、そんなにかわいくないですよね、私」

「何言ってんの、かわいいよ」

「いや、一般的に見て、そんなにかわいくないと思うんです。ていうか、水海のほうがきれいですし、見た目だと全然釣り合ってないですよね、私たち」

「そもそも咲子さんてかわいいし、気持ちの釣り合い取れてるから、問題ないでしょ」

「気持ちは、まあ、はい」

「はー、かわいい」

「……言い過ぎでは」

「しょうがないじゃん、事実だし、俺が外に吐き出さないと内で洪水起こるから。咲子さんだって、鏡見たことあるでしょ。めっちゃかわいい人いるでしょ」

「めちゃくちゃな」

「いいの、めちゃくちゃでも」

ゆっくりと穏やかな時間が流れていく。少しの空腹も気にならないくらい幸福で、満たされていて、本当にこれ以上の表現のしようがないのだ。目を閉じて、眠ってしまいそうになると開ける。そんなことを繰り返す。水海は、寝ているんだか起きているんだかわからない。抱きしめられた身体は解放されることなく、顔を見るのも難しい。

「……仕事、平気？」

ささやくような声に、眠りかけていた意識がすうっと浮上する。こんなときに仕事の話をするなんてデリカシーのない、なんて怒る人間ではなかった、咲子は。そういえば平気かな、と心配してしまう。

「今何時ですか」

水海が無駄に甘い声で現時刻を告げてくる。あー、と頭を少しくるくるさせる。まだもう少し大丈夫だろうか、でも、もう動かないとだめだろうか。

「あなたは、仕事は」

「うん、行く。もうちょっとしたらー」

声を間延びさせると、ようやく身体が解放される。心はまだ捕らわれたままだ。顔と顔を合わせると、にっこりと笑顔になった。咲子も、にっこりとまではいかないが、はにかんでみせる。それが起爆装置になったみたいに、またぎゅーっと力いっぱい抱きしめられた。

「飽きないですね、あなたは」

「うん」

水海は言いながら、右手で咲子の頭を抱え込んだまま、左手首に巻かれている腕時計をちらりと見る。

「時間って流れていくな」

「阿呆みたいな発言よしてください」

「いやあ、自然の摂理ってけっこう憎いとこあるよね」

　十分に、生気のようなエネルギーのような、彼に言わせれば咲子成分だろうか、を吸い取って、水海は廊下へと足を向けた。

「……行って来るね」

「はい、気をつけて」

「淡泊だな、それでこそ咲子さんだけどさ」

「もっと情熱的な相手がお好みなら、そちらに行かれては」

「冗談きっつ！」

　笑って玄関の扉を開ける。夕陽の光が差し込んで、薄闇に慣れていた咲子の目にきつく染みた。

「クールでかっこいいんだから」

　ああ、あなたは逆に太陽のよう。冷え切った私のことを溶かしてしまう。

　目を細めたまま、そんなことが頭を掠める。

　彼は彼で名残惜しそうにしているので、しっしっ、と手で追い払おうかと少し迷う。だって遅刻して困るのは彼だから。逡巡したあと、ひらり、と手のひらを振った。自分がやると、まるで幼稚園児が親に向かってばいばいをしているようで、少しだけ自嘲してしまう。それでも彼は嬉しそうに笑って、同じように手を振った。どうして彼がやると、こうも様になるのだろう。

「いってきます」

「……いってらっしゃい」

慣れない挨拶に戸惑いながら、口にする。ばたん、と扉が閉じた。ふーっと息を吐き出すと、その場にしゃがみ込んでしまいそうなのを堪え、リビングへと戻っていく。ソファに座ると、すぐに横になりたくなって、でも仕事がと思いとどまる。

「…………どうしよう、今なんも考えられない」

立ち上がってふらふらと部屋へ行くと、ベッドに倒れこんだ。どうしてこっちのベッドに来てしまったんだろう。彼の匂いが色濃く残っている。これは、彼が不在の今咲子にとって甘い毒だ。仕事に引っ張られる心を、ここに縫い付けられてしまう。もう、いいや。寝てしまおう。あわよくば明日の夜明けまで。だって、仕事に対するモチベーションが今はとても低い。書こう、という気力がない。こんなときはたぶん、画面に向かってもだめだ。

そう決めつけて目を閉じると、何かを意識する間もなく眠りに落ちた。

自分は本当に眠ってばかりだ。いつ仕事してるんだろう…………そりゃあもちろん、起きたときに。

　本当に翌日の夜明けに目が覚め、がっつりと眠れたことに満足する。んーと伸び、のろのろ立ち上がると風呂場に向かった。湯を張り、その間にパソコンを起動させる。湯にたっぷり浸かり、頭がどんどん冴えていく。そう、この感覚。文章が、セリフが、次々と浮かんでくる。ここまではまだ快感とは呼べない。打ちたい、キーボード。文字を羅列して、この目で形になって行くところを見たい。指がキーボードに沈む感触を味わいたい。

「ほうきぼし……」

　ほうき星ってなんだっけ。ほうきの形をしている星。流れ星って、ほうき星に似ているよね。落ちてくる残像がほうきの柄の部分で。うん？　合っているのか、この解釈。うーんと考えているとのぼせそうになって、慌てて湯から上がる。もちろん空腹。でも起動したパソコンがすでにスタンバイしていて、咲子を待っているではないか。食べながら作業するのって好きじゃないんだよな、と誰にともなく苦言を呈する。そもそも、うちに食材はあっただろうか。毎日こんなんばっかりだ。毎日、毎時間、空腹を覚えるけど家には特にこれといった食べ物がない！　死活問題、でもないんだろうか。風呂上がりで湯冷めするだろうが、背に腹は代えられない。パソコンを起動させてしまったけれど、背に腹は代えられない。

ノートパソコンを鞄に突っ込み、スマホと財布とパスモもついでに放り込む。

どこまで行こう。行きつけの店でいいかと諦念なのか妥協なのかわからないまま、結局新しい地を開拓する気もない咲子は、電車で二駅分揺られ、少し歩いた先にある喫茶店に入った。蒼田と打ち合わせしたところとは別である。あそこはもう行きたくないな、嫌な思い出があるところは避けたくなるというのが人間だろう。行きつけの店でも、別にいつもいい思いをしているわけではないけど、きっと居心地の良さがまた咲子をこの場に呼ぶのだろう。

「いらっしゃいませ、先生」

「せ、先生!?」

今まで来店の挨拶しかされたことがなく、先生なんて呼ばれたのは初めてだった。ぎょっとしていると、奥からいつものマスターが顔を出して、先生と呼んだ女の子を注意した。

「いらっしゃいませだけでいいんだよ」

すみません、というようにマスターがお辞儀をした。ぎょっとしたまま固まっていた咲子は、女の子に「お好きな席どうぞ」と言われるまで動けなかった。鞄を盾にするようぎゅっと抱きしめ、目をきょろきょろと動かす。久しぶりに来た店内の定位置はどうやら空席のようだ。椅子に鞄を置き、場所取りを完遂。財布だけ持ってレジへ行くと、女の子が会計をしてくれた。でも必要以上に視線が物珍しそうにこちらに注がれている。

「……アールグレイティー、お願いします」

「はい、他にご注文よろしいですか」

「はい」

空腹だったはずなのに、移動してきたらいつの間にか紛れていた。食事をうっかり注文し忘れる。

顔を凝視されている。う。ふ、不快だ。注意して見てくれていたらしいマスターが女の子を肘で小突いた。

「あ、セクハラっすか?」

「違う。常連さん困らせるな」

「えー、だって作家先生でしょ。珍しいじゃないっすか」

後ろに新たな客は並んでいない。でも、後ろが詰まってしまっているときみたいにひやひやしてしまう。どういう反応をしたらいいかわからなくて、こちらの味方であろうマスターに助けてと視線で訴える。

「あー、悪いね。不躾な子で。他のバイトが作家さんだって喋っちゃったみたいで」

「はあ……」

「気にせずごゆっくりどうぞ」

黙ったまま顎を引く。瞬きを極限に少なくしていた目が乾いてしぱしぱする。いつもの慣れ親しんだ店なのに、なんだか肩身が狭いというか、動きがぎこちなくなって落ち着かないし、女の子の視線がどこまでも追いかけてくるようで気になる。

「お茶もってくから、席に座ってて」

「はい」

マスターは察しが良く、咲子をこの場から早く遠ざけようとしてくれた。素直に甘えて頷くと、逃げるように鞄を置いていた席へと戻る。まだ時間が早いからか、他の客は二組しかいない。最近はご無沙汰だったが、この早い時間に集中して書くのが好きだった。

「お待たせ。久しぶりですねえ」

鞄からノートパソコンを取り出し、支度していると、マスターがカップとティーポットをトレイに乗せてやってきた。

「悪かったね」

「い、え……新人さんですか」

「うん、孫なんだ」

「へえ……」

それ以外に何を返したらいいかわからない咲子のことも、ちゃんと知っていてくれるマスターとはけっこう付き合いが長いから助かる。察するところを察してくれる。

「バイト探してるっていうから。うちの店には騒がしいやつとは思うんだけど、一応試用期間」

「学生さん？　ですよね。若くていいですね」

「それぐらいしか取り柄ないからね。まあ、うるさくして悪いけど、本当に気にせずゆっくりしてってよ」

「……はい」

マスターが戻っていき、ちらりと壁にかかった時計を見る。八時二十分。ふむ、と一つ頷いてキーボードに両手を乗せた。

そして。

かちゃ、と音がしてはっと我に返った。

顔を上げると、さっきの女の子が興味深そうにこちらを見ていて、またぎょっとして身を引いた。

「あ、これマスターからです」

ノートパソコンの横に置かれた皿には、ホットサンドが湯気を立てながら鎮座している。

「あ、ありがとうございます……」

「いえ。めっちゃ集中してますね。すげえ」

じっと見つめてくる。視線が怖い。一直線に見つめてきて、心を覗こうとしてくるようで、やっぱり人って怖い。……なんで、ここから立ち去らないんだろう。怖い。首がどんどん肩に埋まってしまう。女の子はそんな咲子から視線を外すと、ノートパソコンの画面を覗き込んでくる。隠したい衝動に駆られるが、感じが悪いだろうかと心配して動けない。

「万里！」

怯えている咲子にとっての助け船、マスターがすっ飛んでくる。

「置いてくるだけだっつっただろ」

「ねえ、めっちゃ集中力すごいの」

「いいから、下がれ」

まり、と呼ばれた女の子はマスターに背中を押されて戻っていくが、抗議の声を上げている。若い子、めっちゃ怖い。

気づいたら時間がかなり経っていたようだ。十二時を過ぎていて、そういえばお腹空いたな、と腹部を擦った。ホットサンド有り難い。美味しそう、手を合わせていただく。

「…………………」

咀嚼をしながら。

水海に会いたいな、と思う。小説から離れると、すぐにそう思ってしまう。

自分が小説と水海だけしかない人間のように思えて、それが良いのか悪いのかも判断できない。世間一般的には視野が狭いと言うだろう。でも自分からしてみれば、十分だった。昔は小説しかなかったのに、それが今となっては水海という生身の人間も追加されたのだから、上々ではないか、と思う。小説という架空の世界と、水海という、生身で存在してくれている世界。ちょうどバランスが取れているではないか。

ホットサンドに挟まれた卵の味を美味い、と感じながらそんなことを考える。

つまり、小説からぱっと離れると会いたくてしょうがないということ。だからといって、小説があるときは水海は必要ないのかと言われると、そうではない。そんなこと言ったら鬼だと思う。いや、精々身勝手な人間か。小説に没頭していても、そばに水海の気配を感じると安心できる。いなくても書けるけど、出来映えに大した差はない、と思っている。

無意識にスマートフォンを確認する。蒼田からメッセージが来ている。でも食事中なので、後で読む。時刻は先ほどからあまり時間が経っていない十二時半。咲子は食事をとるペースがもしかしたら人より早めかもしれない。二個あったホットサンドはもうなくなろうとしている。ただ単に空腹だったから、という理由も十分あるだろうが、食べながら何かをするのが苦手だから、早く食べ終わって次にやることに取りかかりたいのだ。ぱっぱ、と手に付いた小麦粉を払ってウエットティッシュで拭う。これでノートパソコンに触れる。

その前にメッセージを確認。スマートフォンを触っていると、つい他の操作もしてしまうことはよくあることだと思う。無料通話アプリをつい開き、水海とのトーク画面を開く。今の時間帯は、寝ているはずだ。場所はどこでとは言わないけれど。最後のやり取りは一昨日。水海から、おやすみ、とだけ来ている。咲子は作業中で、昨日の朝にそれに気づいた。昨日の朝の時点で、用事でもない一言に返信どうのということもなく、そのままで終わっていた。

「………寝てる、よなぁ」

うん、寝ている。寝ているから、何かを送ったら迷惑だ。いくら咲子に甘くても、甘美な睡眠時間を邪魔されたら嫌な気持ちになるだろう。文章を打ち込む空白の、早く入力しろという点滅が目障りだった。できるのなら何か送りたいわ、こっちだってとスマホに敵意を向ける。馬鹿馬鹿しい。こんなことをしている自分が。

今日は、できるところまでここで書いていくつもりだ。その予定は、今のところ動くことはない。集中力がぷつりと切れてしまうまで、ここにいる。

「……お皿、お下げしましょうか」

びくっとする。また万里が現れた。この店は下げるのは自分でやるはずなのに、いきなり背後に立たれて鼓動が速くなる。

「あ、えっと、はい……」

自分で行く手間が省けたとはいえ、自分だけの世界に入っていた身としては急に出てきた生身の人間に驚かざるを得ない。

「す、すみません……」

「いえいえ」

「……何か……？」

　あまりにも去らないでこちらを見つめてくる万里に、困惑しかない。接客業なのににこやかなわけではなく、純粋な真顔で見てくるから怖い。そう、これは幼い子供が興味を持った対象に向ける視線そのものだ。

「どんなの書いてるんですか？」

　ずい、と距離を縮められる。椅子ごと身を引いて、レジのほうを横目で確認すると、頼みのマスターは他の客の会計中。助けてもらえるはずもない。

「ええ……ど、どんなのでしょう」

　その返しもどうなのか。自分で書いているもののジャンルもわからないのかと立腹されたらどうしよう。奇しくもクイズ形式みたいになってしまい、万里はうーんと考える素振りを見せる。

「ベタに恋愛小説ですか？」

「べ、ベタですか……」

「おねーさん、ペンネームなんですか？　検索するんで」

「しないでください……」

もう勘弁してくれ。どこからの刺客なのだ、この女の子は。咲子に試練を与えようとでも言うのか、と己の中の何かと問答を始めてしまう始末であった。上手く対応もできないいし、それよりもこのままでは書けない。変なのに絡まれた、どうしよう。誰か助けてくれ、と他人に絡まれて他人に助けられるのも不本意ではあるが。

昼時で客が多い店内で、咲子と万里が注目されている。ああ、こんなの嫌なのに。どうしてこんなことになっているのか。マスターが孫のバイト先を斡旋したからか。万里の我慢がきかないからか。咲子が作家という物珍しい存在だからか。きっとそれらがすべて合わさって、こんな事態になっている。

ばん、と咲子のノートパソコンの横のテーブルを叩く大きな音が聞こえて、目を閉じて無責任にやり過ごそうとしていた咲子ははっとする。万里がついに怒りを爆発させた。と、思ったけど違った。この場にいるはずのない水海が珍しく息を切らし、肩を上下させて咲子と万里の間に割り込んでいた。

ああ、デジャヴ。以前にもこんなことがあった。

「……っ」

「え、なにこのイケメン！」

瞬間、時が止まったかのように思えたが、すぐに場は息を吹き返し、わっと騒がしくなる。主に万里が水海の顔面にやられて頬を赤く染め、ひどく興奮している様子だった。咲子は口をぱくぱくとさせる。何故ここに。それでも安堵してしまう。いるはずのない人間がここにいる不可解さよりも安堵が勝つ自分に呆れている場合でないのはわかるけど、それでも。

会いたかった人間がここにいる。

「水海、なんで……」

「マスターから連絡もらった」

「あ、あなたたち繋がってたんですかっ？」

一人置いてきぼりを食らっている万里が、むうと膨れたかと思うと、水海の腕をぐいっと自分側に引き寄せた。あ、と咲子は思う。今まで水海に他の相手がいると知っていて、それでも平気だったのに。目の前で起こっていることだからだろうか。どうしても我慢できず、頭にかーっと血が上る。

「だ、だめです！」

何がだめなのか。叫んでおいて、自分でもきっちり自身の気持ちを把握していない咲子はとにかく無我夢中で、何もわからないまま水海のもう片方の腕を引き寄せる。

嫌だ、そっちに行かないで。まとまらない、ごちゃごちゃした感情があふれて、考えるより先に身体が動くなんて滅多にできない経験を思いがけずしてしまう。

「…………」

はぁ、はぁ、とだんだん呼吸が落ち着いてきた水海は無言のまま、万里のほうの手を振り解いた。

「……先生の彼氏!?」

自分にされた仕打ちに驚きつつも、水海の正体の当たりが付いたというように万里が目を丸くさせた。

「そう」

「な、なにさらっと肯定してるんですか!?」

顔を真っ赤にさせながら、わーっと騒ぐ咲子を見下ろして、水海は微笑んだ。その微笑みを向けられていない万里でさえ、魂を抜かれたようにほうっと呆けてしまう。

「違うの?」

「い、今はそういう話じゃ……」

「そういう話だよ先生!　彼氏なんでしょっ」

主に万里がヒートアップしていく中で、ようやく手の空いたマスターがこちらにやってくる。万里の背後に立ち、「こらっ！」と店に響きそうな声を上げた。怒られた本人でない咲子も万里と一緒になって肩をびくつかせる。店内がしん、とした。さっきから、他の客同士での談笑も止まっている状態だったけど、万里が黙ると静寂が顕著になる。

「客に迷惑かけんなっつってんだろ」

「おじいちゃん、先生の彼氏やばい！」

「聞け！」

「マスター、咲子さんつれてっちゃうよ」

咲子の荷物を持つと、咲子の手を引いて出口へと向かう。ああ、と申し訳なさそうに頷くマスターに、万里は依然食いついてきた。咲子は事態が急速すぎて途中からついていけてない。ぽかんとしたまま手を引かれ、水海は肩越しにマスターに振り返った。

「その子、クビにしといてね。じゃないとこれから、咲子さん来られなくなっちゃうから」

うんともすんとも言わないマスターは、やはり孫が可愛いのだろうか。ただ困惑した表情に見送られる。「イケメンひどっ！」という万里の声を背中に聞きながら、扉は閉ざされた。

「大丈夫、咲子さん。大変だったね」

「あわわ」

「うん？」

「寝てたんじゃないんですか」

「ああ、俺？　うん、まあ。マスターから咲子さんピンチだからって教えられて」

「マスターと知り合いだったんですか？」

「たまたまだよ」

「本当に？　そんな偶然あります？」

「本当だよ」

絶対に嘘だとわかる笑顔で言われ、どうでもよくなってしまう。惚れた弱みはいつだって自分を不利にさせるし、相手に言及できなくさせてしまう。

「災難だったな、咲子さんに害を及ぼす存在が出現するなんて」

「自分の災難みたいに言うんですね」

「俺の災難も同然。咲子さんに嫌な思いさせるやつは皆滅べばいい」

「大げさな……」

くるり、と踵を返し、前を向いていた水海が咲子と向き合う。

「大げさじゃない」

「……はいはい」

「咲子さん」

「わかりました」

これ以上はいいから、と顔を真横に逸らす。

「心配しなくて大丈夫だから。あの子、もう店に出させないよ」

「あなたはどんな権限を持っているんですか」

腕を引っ張られ、抱き留められる。水海は片手で車のドアを開けた。

「今日はもう帰る？　それとも代わりのとこ、行く？」

「……帰ります」

「了解」

開けたドアの向こう、車内に行くよう促す。助手席に収まると、ドアは閉じられ、水海は運転席に乗った。緩やかに出発する中、車は咲子のマンションへと向かっていく。

「水海、ご飯食べましたか」

「ん、まだ」

「食べていきます？」

「咲子さんは食べたんでしょ」

「はあ」

「咲子さん疲れちゃうから、いったん帰ろう」

「お腹空きません？」

「咲子さん食べるからいいんだよ」

ごん！　と後頭部を窓カラスにぶつけた。何を言い出す、この男。正気か？　寝惚けているのか？　わからない。熱くて、手でぱたぱたと扇ぐ。あ、窓開ければいいのか。うぃーんと窓が下がり、風がびゅうと車内で踊る。

「大丈夫？　頭」

「あなたの所為ですよ」

「ふ、そりゃ光栄」

「なんで！」

信号が赤になって、停車する。

「だって、俺で動揺してんでしょ」

ぐう、と喉を詰まらせた。この男は、わかってやっているから質が悪い。この顔だもの、自信あるよなとやさぐれる中、顔だけで惚れているわけじゃないけど、と誰にかわからない言い訳じみたものを重ねる。

「こぶんなってない？」

「なってないです！」

頭に触れてこようとするから、食い気味に否定する。とっさに腕でガードをしようとするも、脆いバリアは水海にとってはお遊びのようだ。するりと避けられて、よしよしと撫でられてしまう。水海の手は大きくて、咲子の頭をすっぽりと覆う。頭全体を包み込まれて、悪い気はしない。安心感が羞恥に勝る。

「かわいい」

「青！　青です！」

後ろからクラクションを鳴らされまくっている。そのけたたましい音を、「帰ってから味わえということか」と勝手に解釈している水海の二の腕を叩いてやった。発進しながら「咲子さん、これからは優しくなるんじゃないの」なんて言うけれど、自業自得というものだ。

「ただいまぁ」

あなたの家ですか、ここは。という突っ込みをもう期待しないで欲しい。言うこちらも疲れるし、実質半分は事実のようなものだ。

「眠てえええ」

ベッドにダイブし、珍しく疲れている声を出す。夜は仕事をしていて、日中の今は寝なきゃいけない時間だ。それなのに咲子のために駆けつけてくれた。申し訳なく思い、ベッドの脇に正座した。

「すみません、せっかく寝てたのに」

「んーん、会えるほうが嬉しいからいいの」

ふにゃり、と屈託なく笑うから、これで良かったのだと少し思ってしまう。甘えすぎだよなと反省しつつも、自力で乗り越えられないことが多すぎて自分のポンコツさにほとほと呆れる。

「すみません……」

「あれ、俺の話聞いてた?」

うつ伏せになっていた水海の腕が伸びてくる。わしゃわしゃ、と、撫でるというよりも髪の毛をかき混ぜるようにしてきて、目をつぶって受け入れた。

「謝るより、お礼のほうが嬉しいな」

「……ありがとうございます」

「ん」

本当に嬉しそうに笑う。あたたかい気持ちで見つめ合っていると、不意に水海が欠伸をした。手の甲で押さえたが、きれいに並んだ歯といやに扇情的で真っ赤な舌がちらりと垣間見え、どきっとする。

「ふあ、ごめん」

「謝ることないです」

「ありがと」

「お礼も不要です」

「咲子さん優しい」

「しみじみ言われると、普段優しくないみたいじゃないですか」

「そう？　咲子さんいつも優しいよぉ」

間延びする声に、眠気が襲ってきていることを知る。

「寝ていいですよ」

「もったいない」

そう言われると困ってしまう。同じ気持ちを知っているし持っているから、強く否定することもできない。軽く受け流すことができない。

「……そばに、いますから」

本当か、という視線を向けられ、自分なりに微笑んでみせた。表情筋が死んでいると思っていたが、案外に口元はやわく動いた気がする。

消え入るようにうん、と頷いたら、目を閉じてすうと息を吐いて脱力した彼を見守る。いつもと逆だな、なんて思いながら床に座ったままベッドにもたれた。咲子も息を吐き出し、その顔をまじまじと見つめた。隈があるわけでもないけど、疲れた感じは滲み出ている。忙しいんだろうか、仕事は。わからない。そんなことも話さない。咲子も仕事の話を、あまりしない。担当の話をたまにしているが、それは悪口だったり愚痴だったりして核心に近いものではない。具体的な話をしないから、お互いの仕事に関することは知らない。知っていても知らなくても、この男といることができるし、逆もまた然りなのだろう。だからこれまで一緒にいられたし、これからはわからないけど、今だってこうして気を許して目の前で眠ったりできる。

「私に好かれたら、きついですよ」

寝ていて意識のない人間に語りかける。咲子は眠いときに感情がだだ漏れしていると言っていたあれは、本当なのだろうか。だとしたら、水海のほうがこちらに関しての情報が多いような気がして不公平だ。眠りに落ちる間際の彼は、感情をこぼしたりしない。静かに穏やかに、規則的な呼吸を繰り返す。

「……もう、遅いんですけどね」

自嘲して、足を伸ばす。いつも同じところをぐるぐるしている。自身の靴下に包まれた爪先を見て、ぼんやりとする。動く気力がないけれど、なんとか腕を伸ばして靴下だけを脱いだ。素足をゆらゆらと揺らし、動くものを目で追う猫のように眺める。猫のよう、と言われたことがあったなと思い出す。あのときも、たしか揺れる水海の手を目で追っていた。

「眠いときの私が何を言っているか知りませんが……知っているかも、しれませんが。私って重いんですよ」

呪いが、たぶん、すごい粘度で。

あなたに纏わり付いて、離れない。

「起きたら、何か食べないとだめですね、水海」

返ってくるのは、すぅすぅと穏やかな寝息。おかしくなって、笑ってしまう。肩越しに振り向いて、その寝顔をまた見つめた。すっごく気持ちよさそうに寝ているなぁ。

そばにいるとは言ったものの、ずっと動かないのも難しい。彼の昼食の支度もしたかったし、いや、もはや昼食ではないかもしれないけれど、それでも起きて食べられるものがあればいいと思う。横揺れして、脳を働かせる。支度といっても、料理が苦手な咲子に何かできることはとても少なく、出前のほうがいいかぁと思い直す。スマホを手に取り、普段お世話になっている出前のアプリを開いた。前の担当もそうだったけれど、蒼田も特にうるさく「そんなんばかりじゃ栄養偏りますよ」と言ってくる。それを心配してくれて有り難い、と思えないくらいには人嫌いだった。怖いうえに、余計なこともついてくる。妥協とか、協調性とか、苦手なことばかりだ、人付き合いというものは。面倒で、それでも関わっていかないと生きていけない。咲子は一応頭ではわかっているから、それを最小限に抑えたい。傲慢な人間だろう。自然と人の作った食べ物を食し、人の作った建物に住んでいながら。

皆が皆、怖いなんて思っているわけではないけど、だってそうじゃないと水海は人間ではなくなってしまう。とにかく、受け入れ態勢ができていない。

「…………あ」

指先でスクロールしていく画面の中、水海が食べたいものが不明なままではどれを選んで頼んでおけばいいかわからない。

困ったな。適当に見繕うというのも苦手事項の中に入っている。昔、小学生か中学生かは忘れたが、母親に「適当に菓子パンを何個か買ってきて」とおつかいを頼まれたことがあった。どれを選んだらいいか、そのときもわからなかった。わからないまま、パン売り場の前で立ち尽くしていた。結局、自分の好きなメロンパン一つしか買って帰れず、母親に呆れられた。咲子ちゃんて、そういうとこあるわよね。手を頼に当て、困ったように言われた。そういうとこってどういうとこ。何個かと言われて一個しか買っていけなかったのは、たしかにポンコツ以外の何物でもないけれど、どうしても動けなかった。考えることができなくて、どうしていいかわからなくて、ぎこちない動きでメロンパンだけをやっと手に持ったのだ。

いけない子。そういうとこあるよね。

咲子ちゃんてさあ。

母親に言われた、腹に重いものの数ばかりが増えていく。

そのうち母親が怒っていても笑っていても煩わしく感じるようになった。いわゆる反抗期だろう。

「…………」

スマホを持っていた腕が、だらりと床に落ちる。こんなときにも、母親の呪縛に苦しめられるのか。そもそも悪いのは、咲子であって母親ではないのだろう。そうか、頼まれたことをできないことは、いけないことだ。できないのは、ポンコツだからだ。咲子がいけない。自分がいけない。でも、だって、苦手なんだもん。そんな言葉で逃げることも罪なのだろうが、それでも。

「咲子さん……」

はっとして振り向く。うっすらと開けられた水海の目と、咲子の目がばちりと合った。

「やなことあった……?」

何を言う。何を言っている。水海は何も知らないのに、どうしてそうやって見透かしてくるのだ。

「なんで、」

「悲しそうな顔してる」

上体だけ起こすと、ベッドの縁までずってくる。それから咲子の頭を抱き込んだ。よしよし、とあやされているうちに、母の影がすーっと薄くなっていく。

呆れたり、笑ったり、怒ったり。いけない子ね、という母に、何も褒めてもらえないのが嫌だった。母の中では咲子はいけない子で、揺らがなくて、その存在は娘である以外にいい子悪い子を行ったり来たりしては悪い子ね、に戻ってくる。結局いけない子のまま。たまに機嫌が良いときも記憶にある。少しは、すごいねって褒められたような、気がする。

きっと、悪い子のままでは、なかった。

どうして今、そんなことを思い出したのか。

「……大丈夫、悲しく、ないですよ」

「なら、良かった」

水海がふわりと笑んだ気配がする。

心を読まれているんだろうか。どうしてもう大丈夫という咲子のこの言葉だけで、確信してくれるのか。空気感が教えているのか。ただ、咲子を信じているのか。そうでなければやはり、心を読まれているのだ。そうとしか考えられない。

「あなたって、不思議ですね」

「ええ?」

黙っていると、咲子の頭が解放される。ごろんと仰向けになると、天井を見上げていた。

「普通の男でしょ」

「……どうですかね」

それから、水海の食べたいものを確認し、スマホで注文を済ませた。待っている間、二人でキッチンに立って水海が紅茶をいれた。ふうふうと咲子が息を吹きかけて冷ましているうちに、インターフォンが鳴る。最近の出前はとにかく速い。バイクを飛ばしているんだろうか。料理がよく型崩れしないな、と感心するばかりである。

食べ終わると水海は、健康云々を放り投げ、咲子の仕事部屋のベッドに横になった。やがて寝息が聞こえてくる。一回だけ振り向いてその寝顔を見ると、机に向き直ってしばらくは仕事に集中していた。

「眠い」

「けっこう寝てましたよ」

「じゃあ寝過ぎだ」

頭をがしがし掻いて、夕方に目を覚ました水海は大きな欠伸をした。咲子がじっと見ていると、その視線に気づいてさっと隠れた。

「見ないでよ」

「え、だめですか」

「欠伸してるとこなんてかっこ悪いじゃん」

「私ならいくらでも見ていい、って言いましたよね」

「言ったけどー」

と言って抱きつき、じゃれてくる。左右に振り回されながら、お風呂を沸かしにリビングの出入り口に歩いて行く。

「お風呂、入っていきます？」

「いいの？」

「湯冷めしちゃ駄目ですよ」

「うん、気をつける」

どのみち一回帰宅したとしても、また仕事で外に出るのだ。暖かくして気をつけないと、風邪を引いてはいけない。

「三十分くらい待ってください。時間大丈夫ですか」

「うん」

腕時計を見ながら頷く。上に着ていたパーカーを脱ぎ、腕時計も外してしまう。薄地の長袖の姿になった水海は、「さみー」と漏らした。

「まだ着てたらいいじゃないですか」

「咲子さんで暖とろうと思って」

「私、体温低いですよ」

「大丈夫、大丈夫」

「……じゃあ、私のどてら貸しますから」

　部屋に行き、すぐに戻ってどてらを着せる。

「大丈夫これ、ださくない？」

「あなたなんでも似合うから大丈夫ですよ」

「まじ？」

「まじです」

　にっこりと笑って、抱きしめてくる。どのみち暖はとられてしまう。今更抱きつかれることに、照れるわけではないけれど。ふと触れた手が冷たくて、逆に自分の熱を知る。ぎゅっと握り込んでやると、嬉しそうに笑われた。

「仕事行きたくねー」

「支障が出ないなら休んだらいいじゃないですか」

「……ここで甘やかされるとは思わなかった」

「いや、行きたくないっていうから」

　行って欲しくないから、とは死んでも言わない。水海は、んーと唸り咲子を抱きしめながらスマホをチェックする。咲子が真正面を見ていると、画面の中が覗けてしまいそうで慌てて視線をそらした。ここまで大っぴらにされても、なんだか目のやり場に困ってしまう。ここで覗き込んだら、卑しい女だと思われてしまいそうじゃないか。

「休んだ」

「はっ？」

「休むって連絡入れた」

「……いいんですか、そんなほいほい休んで」

「俺出勤率いいから。たまになら許されるでしょ」

咲子さんも休んだらって言ってくれたし。なるほど、半分は私の犯行と言いたいわけか。咲子は顳に指をやり、ふむと頷いた。じゃあ、水海は行かないでくれるということだ。

いつもいないこの時間、水海がここにいる。

「さっき寝溜めしちゃったけど、まあいいか」

「眠れますよ、また」

「そうだね」

頭にこつん、と当たるものがあった。口づけをされたのかもしれない。髪の毛越しでも恥ずかしいし、決して皮膚の薄いところにして欲しかったわけじゃない。……わけじゃ、ない。

「仕事を、してきます。好きにしててください」

「はぁい」

まるで自分がお利口ですとでも言いたげにいい返事をする。仕事部屋に向かって歩き始めると、足音はついてくる。くるり、と肩越しに振り向いた。

「ん？　俺いてもできるよね」

「できます」

とっさに答えたが、できるときとできないときがある。それは水海の存在の有無に関係ない。たとえ今、こうして画面とキーボードに手を置いても、書けないのは水海がいてもいなくても起こり得る現象だということだ。

「音楽かけてもいいですか」

「いいよ」

一応了解を取り、ノートパソコンに入ったままのＣＤを再生させる。音量を調節し、少し小さめに流す。

「…………」

もぞ、と水海が身じろいだ気配がする。小さくした音量を、うるさいだろうかとさらに小さくしようか迷っているうちに、ふと家主は自分なのだと思い出した。あまりにも水海がこの家に馴染みすぎていて、思わず失念してしまう。自分が間抜けなのか、馴染みきっている水海の所為なのか、どちらだろう。

かたかた、と小さく流れる音楽の中でもキーボードの音は咲子の耳に一際大きく聞こえる。音楽の伴奏に合わせているわけでもないけど、それでも一つの音楽を一緒に奏でている心地になる。なんて考えているのは最初だけで、そのうちに物語に没頭していき、音楽なんて聞こえなくなってくる。たた、かた、とん、様々なキーボードの音が鳴る度に、画面に紡がれていく文章に、自分で夢中になっていく。楽しい、そう、楽しい。これはそんな心地だ。たん！　と打ち、手が浮いたときに首を後ろに思い切り曲げる。こき、と鳴って、それから左右にも曲げると筋が伸びて気持ちがいい。戻ろうと画面を覗き込み、まるで二の句が継げなくなってしまった。実際の会話の途中ではそう描写するしかない、つまりは、続きがふんわりと自然に思い浮かばなくなった。あ、集中力が一気に切れた。

なんというオノマトペを用いればよいか不明だが、咲子は、ふおん、ふおん、と感じた。最後の、文字がどんどん紡がれていく先の、なんていうのか、名称は。次の言葉を打ち込むまで、ふおん、ふおん、と待っていてくれる。そんな真一文字。待って、もう少し、と真一文字をじっと見て語りかける。そういえばメッセージでもメールでも出てくるか、この真一文字は。メッセージを入力してくださいと意思表示してくるそれは、本当になんていう名称なのだ。正式名称あるのか。

「……っあー」

とにかく集中力が切れては画面とにらめっこしていても仕方ない。首を振ると、舞った微かな埃が鼻の辺りを掠めてむずむずする。ごし、と拭ってから振り向くと、ベッドに横になっていた水海の目と目が合った。

「わっ！」

「うわ、びっくりした」

「こっちの台詞です。なんでこっち見てるんですか」

「え、起きたから」

「なんで私を見てるんですか」

「咲子さんだから」

そう言うと腹筋の要領で上体を起こす。んー、と伸びをしてベッドから降りると、こちらに近づいてきた。

「おつかれさま。めっちゃ集中してたね」

「……どうも」

「終わり？」

「んや、キリがいいので休憩です」

水海が腕時計を見ようとして、外してあったことに気づく。棚に置いてある時計を覗き込んだ。

「十一時かー。普段この時間仕事だから、なんか目ぇ覚めるね。咲子さんは？　眠いんじゃない？」

「んー、けっこう目冴えてます。夜中テンションですね」

「いいねえ」

楽しそうに笑うと、頰をやわく摘まれた。ちっとも痛くない戯れに、お互いの目が覚めていることが嬉しいのだと伝わってくる。どちらかが眠っていて、どちらかが起きているという状況も少なくない。同じ空間にいるのに、まるですれ違い生活のようなそれに比べると、二人の目が爛々としているのは理由もなく嬉しくなった。ふふ、と柄にもなく笑みがこぼれると、摘まれていた頰に唇を押し当てられた。ぎゅっと唇を真一文字にし、絶句している咲子に笑うと、水海は踵を返した。

「夜だからひんやりしてんね」

　カーテンが開きっぱなしの窓を開け、外の空気を室内に入れる。ぴゅう、と吹いた風は水海の髪を強く揺らし、咲子の頬を掠めた。シャンプーの匂いがふんわり香る。

「寒いけど、気持ちいいですね……」

「ね」

　短く、それでもしっかりと同意してから窓を閉めた。カーテンも引き、月明かりに照らされていた部屋は薄暗くなった。

「暗っ」

　驚いたように言って、床に落ちているものを踏まないよう注意しながら部屋の出入り口付近にある電気のスイッチを目指す。そんな彼を、家主のくせに動かない咲子は黙って眺めていた。

「風呂入る？」

「あ……はい」

「風呂上がりでほかほかしてる咲子さんかわいいよね」

「風呂から上がりにくくなること言わないでください」

「そうだね。俺黙ってればいいのにね」

ふと、気づくことがあった。もしかして水海は、浮かれているのかもしれない。休みをとったから。二人とも目が覚めているから。思い当たることはいくつかあるけれど。浮かれて饒舌になるという、案外人間らしいところも備わっているのだな、と照れ隠しに感心した。だって浮かれているのは咲子も同じだった。

そのとき、何かが鳴っていて、二人は顔を見合わせた。辺りを見渡していると、ヴーヴーと鳴るそれは水海のスマホだった。取り出し、画面を確認してから当然のようにスルーしようとする。

「出なくていいんですか」

「うん」

「出てもいいですよ」

「いいよ」

「出てください」

「なんで強気なの、そんなに」

はあっと渋々しまおうとしたスマホを取り出し、画面をタップする。スピーカーにしたらしく、電話の向こうから『あ、もしもし？』と聞こえてくる。男性の声だった。

『佐古ぉー、助けて。緊張して吐きそう！』

「うるさいな、吐くなら吐け。緊張なくなるから」

『嘘ばっか！』

気心の知れた相手なのだろう、咲子に対してのものとはまた違った口調で、相手曰くの嘘を吐く。珍しいので、興味津々で電話に近づいた。額を手の付け根で押し返され、水海を見上げる。だめですか、と目で問うと、肩を竦めてみせる。咲子に聞かすような内容ではないとでも言いたいのだろうか。

『知ってるだろ？　きょう僕初仕事で、あと三十分でお客さん迎えに行かなきゃいけないんだよ』

「あー、知ってる」

『緊張する。どうにかして』

「無茶言うな。切るぞ」

『佐古！　鬼！』

「初仕事なんですか？」

そこで咲子が口を挟むと、相手の男性はもちろん、水海もぎょっとした。

『え、誰？』

「佐古水海の知り合いです。おいくつですか？　この業界は初ですか」

「咲子さん、取材しなくていいから」

『佐古の彼女さん？　ねえ緊張ってどうすればいいのー。手のひらに人って書いて飲むとかそういうベタなのやめてね』

　相手が誰であれ、今この瞬間の緊張をどうにかするのが最優先らしい男性は咲子にすら助言を求めてくる。

「とりあえず、黙って大人しく座っていないほうがいいです。何かしら動いてください。アラームをかけておいて、それまでは無心で何か作業やら何やらしていれば緊張しません。時間になったら行けばいいんです」

　ちょこんとしゃがみ、ベッドに放ってあった水海のスマホに顔を近づけていた咲子は、自分なりの緊張の対処法を口にする。そんな咲子を、水海は意外そうな顔で見下ろしていた。

「あと、しっかり深呼吸してください。落ち着いてください。怖いことありません。怖くしているのはあなた自身です。まずはあなたが落ち着いて、視野を広く持つんです。どこにでもミスは転がっています。それに躓かないように」

　では、と言うと立ち上がり、電話の相手を水海に譲った。水海はとことことどこかへ行こうとする咲子の肩を抱いて捕まえ、「じゃあな」と短く言うと通話を切った。

「……すみません、出しゃばって」

「ううん。ありがと」

「水海の友達だから、水海がお礼を言うんですか」

「友達じゃなくて、ただの後輩。礼を言うのは、咲子さんが嫌がるどころかアドバイスをしてくれたから」

「…………」

「煩わしかっただろうに、ごめんね」

水海は額を咲子の頭に擦り付ける。いつも人を猫扱いするくせに、こうしてたまに自分だって犬みたいにしてくるのはずるい。大型犬を連想させる。別に犬好きというわけではないが、わしゃわしゃっと撫で回したくなるというか、水海だったら正直なんでもかわいくて愛しくて仕方ないのだと思う。

「……別に、煩わしくは」

ない、と口の中で言葉をあめ玉みたいにころころと転がしながら、水海の頭を一撫でし、髪を梳いた。相変わらずさらさらで、枝毛とは無縁な髪だった。憎らしいのと愛しいは、紙一重なのかもしれない。

「お湯張り、もう時間切れてますね」

「じゃあ沸かしに行くんだよね。行こー」

ずるずると咲子を引き連れて、陽気に風呂のスイッチまで行く。お湯張りをします、というアナウンスを背にソファへ戻り、二人してどさーっと座った。

「……近いですね」

「うん？」

「きょ、距離が」

「だってせっかく一緒にいるのに」

「あなた、そんなに乙女チックでしたか？」

「乙女チック……かな？」

「付き合いたてのカップルでもあるまいし」

言ってから、変な喩えをしてしまったことを後悔する。許されるなら舌打ちの一つでもしたい気分になった。それでも一回言葉にして口から紡がれたものは戻らない。

水海はどんな表情をしているのかと窺いたくなり、でもすぐには首は動かせなかった。しばしの沈黙の後、ちらりと視線だけを駆使して横を盗み見る。真顔だった。目はぱっちり開いているし、寝ているわけじゃない。ただ純粋な瞳が、まっすぐに咲子を捉えていた。

「……な、なんですか」

　唇を尖らせ、目を眇めて言うとなんとも不機嫌そうな顔になってしまう。何も言わないのに腹さえ立ってきて、腰掛けを浅くして水海を正面から捉え返す。

「なんか、文句でも、あるんですか」

「……咲子さん」

　名前を呼んでくるだけで、言葉を発しない水海に、ますます眉をひそめる。

「なんですか、はっきり言ってください」

「はっきり言って傷つかない？」

「き、傷つくようなこと言うつもりなんですね」

「いや、違うけど」

「違うんですか」

「うん、いや、咲子さんがまた俺に嫌われるとか勝手に被害妄想してそうだなと、うん、思っただけで、」

　その確認をした、と言う水海に、疑問符を浮かべる。つまり何が言いたいのか。

「……素直に喜んでいいのかなって、審議してた」

「何言ってるんですか」

「咲子さんならどちらの可能性もあるから」

すっと伸ばされた手は、とても優しく咲子の毛先に触れた。

「言葉って難しいじゃん？　付き合いたてのカップルでもあるまいし、っていうのは二つの意味で捉えられるからさ。まあ良い意味か悪い意味かだよね」

「……はあ」

わかっていないながらに相づちを打つと、髪を一房、指の腹で弄ばれる、水海と違って手入れが行き届いていない髪の毛は、きっと女性として恥ずべきなのだろう。嫌われる要因にも成り得るのだと、知っておかねばならないことだろう。でも天秤は傾いている。それしきのことで、水海は咲子のことを嫌ったりはしないだろう、と。そんなのは些末なことだと。

「それで、咲子さんを観察して、どっちかなーって」

「悪い意味だと思ったんですか」

「いやいや、あくまで可能性があるってだけ。でも、そう言うってことは良い意味しか残ってないよね、咲子さん」

「…………」

じわり、と何かは焦げる。自分は何か、とんでもないことを口走ってしまったんじゃないのか、と疑う。それが、心をちりちりと焦がしていく。

まるで言質を取ったとでもいうんだろうか、にやりと悪そうな笑みを浮かべる彼はそれでも綺麗さを捨てきれない。年数が経てば、こんなに綺麗できめ細かい真白い肌にもしわが刻まれるのかと思うと、ぞっとしない。そんな場合でもないのに、いつだって見とれる。

「まず悪い意味だと、カップルですらない、ってことだね。でも違う、良い意味で言えばもう付き合いたてのなんてそんな時期はとっくに過ぎている。それだけの時間をともに過ごしている、ってことになる」

「……なっ、それ、は」

「無意識なんだろうけど嬉しい。いや、無意識だからこそ嬉しい、かな」

頰を、血色のいい色に染めて、にっこりと笑う。嬉しい、嬉しいという水海はそう言うとおりに、本当に、喜んでいるのだ。それがわかるから、くすぐったく、自分の発言を恨めしく思えばいいのか、ナイス、と褒め称えればいいのかわからなくて混乱する。

「…………」

不機嫌な顔は、意地でも崩せずに身じろぐことだけで抵抗する。

「咲子さんはかわいいね」

まるで馬鹿の一つ覚えみたいに、呪文のように繰り返すそれは、甘くて、甘すぎて、喉を焼く。ねっとりとした甘い毒は、じわじわと咲子を殺していくだろう。

凍死より焼死より、何より自然死よりも、水海によって殺されたい。死に方を選べたらいいのに、と願ってやまない。どの死に方よりも先に、水海の毒に溺れたい。

水海には、水と海という字が組み込まれているけれど、けして海の水ではない。透けて向こう側が見えるわけじゃない。もっと甘い、ねっとりとしたもの。でも、綺麗なもの。矛盾していると、誰かは言うだろうか。いや、甘いのは糖度が高いからだ、ねっとりしているのは、その糖度が粘度を生むからだ。色は、桃色を帯びているから透明ではない。

水海の毒は最高ではないか、と内心で興奮する。口からも、耳からも、身体中からその毒を受けることができる。一身に、余すところなく。どろどろと、内に入り込んで華麗なまでに命を奪っていく。

なんて素敵なことだろう。

「とわっ」

両腕を広げると、毒を受けるべくその身体に抱きついた。さあ殺せと、首をさらし、刃で切り込みやすくする。毒なのに刃なのか、という突っ込みは不要である。ただ、抱きついて、感情の爆発をなんとか抑えようとする。

「なに、大胆」

「殺されに来てるんですよ」

「え、俺、咲子さん殺すの？」

「殺すんです」

「えー、一人残るの嫌なんだけど」

「じゃあ、私に殺されればいい」

意味なんてわからないくせに、そうだねと言って抱きしめ返してくる。お互いの間に隙間なんてなくなるくらいに、ぎゅっと抱きしめ合う。風呂が沸くまで、互いの体温で溶けていた。

「お風呂が沸きました」

今のは咲子の声ではなく、沸いたことを知らせるアナウンスだ。軽快な音楽とともに流れてきたそれに、自然二人はスイッチのほうに視線を向ける。

「沸いたって」

「はい」

「咲子さんどうぞ」

「え、ああ、はい」

「それとも一緒に入る？」

「なんていうボケは必要ありません」

「冷たい。今まであんなに愛し合ってたのに」

「うるさいですよっ」

いちいち言葉にするから恥ずかしいのだ、この男は。

「じゃあ、お先にいただきます」

「えっ、ほんとに一緒に入らないの？」

「なんでそこまで本気で驚けるんですか？」

まじまじと見つめ合ってから、ふっと水海が吹き出した。

「わかったよ。冗談」

「……あなただって嫌でしょう。狭くなるし」

「え、問題そこ？」

「そ、それだけではないですがっ！」

そうだ、水海の言うとおりだ。問題はそこじゃない。男女が一緒に入浴するというのが問題なのではないか、なにを血迷っていたのだ。

「では行きます！」

「ゆっくりあったまってきてね」

水海は、どうしてああも余裕なのだろうか。咲子は熱が治まらず、かっかしたままなのに、どうして冷静に笑っていられるのだろう。年が上だからと言われてしまえば、それ以上はなにも言えなくなってしまうが。

咲子、二十一歳。

水海、三十歳。

その差、九歳。

年上であるのに、年下である咲子をさん付けで呼ぶのは、咲子が作家先生だからだ。先生がえらいだなんて、水海だって思っていないだろうに、どうして敬称をつけて呼ぶのか。咲子としてももう慣れきってしまい、今更そんな疑問も持たなくなってしまった。

ついさっき出た、付き合いたてのカップルじゃあるまいしという言葉は、カップルは言葉の綾として付き合いたてというほど時間が浅くないのは本当だったからだ。

逆に、咲子は年下のくせに水海を呼び捨てにする。敬語で話しはするが、呼び捨てである。これももう慣れきってしまったことで、今更さん付けしろというととても違和感がある。年上を敬う気持ちがないわけではないが、きっとこのままだろう。水海も同じで、今更呼び捨てにされても違和感に二人で首を傾げてしまう。

咲子は女性でも、烏の行水であった。髪の毛、身体、顔、洗ってから湯船にざぶんと沈んで、二十秒もしないうちに上がる。女性で烏の行水は珍しい気もするのは、男性のイメージが強いからだろうか。

ぼーっとして長湯することもないわけではないが、基本風呂から上がるのは早かった。バスタオルで髪や身体を拭い、ようやく先ほどの熱が治まった気がする。温まるはずの風呂で熱が治まるというのも変だが。

少し一人になれる時間が必要だったのかもしれない。上がると、水海はソファにもたれて文庫本を読んでいた。珍しい。と思いながら無言のまま近づき、後ろからそっと覗き込む。

「うお、咲子さん出たの」

すぐに気づいた水海に目もくれず、開かれたままの本の中の文章に目を走らせる。既視感のあり過ぎるそれに、じわりと肌が熱を生む。その既視感が、自分のお気に入りの作家の小説だからという理由なら良かったのに。

「なんでそれ読んでるんですか！」

「なんでって」

「そもそもあなた小説読まないじゃないですか」

「読むよ。嫌いじゃないし」

「じゃあ好きなんですか!?」

「好きだよ」

自爆した。好きだというのは小説の話なのに、まるで自分自身にささやかれたようで頭がどかんと火を噴いた。

「咲子さんが書いたんだもん、そりゃあ好きでしょ」

軽々しく言ってくれるものだ。こちらがどんな気持ちか、考えたことはあるんだろうか。かといって、本を奪う権利は咲子にはない。ここはたしかに咲子の家で、咲子は家主だが、手にし広げた本を奪える権利だけは、どこにもないのだ。

「なんという羞恥……」

「あ、読まれるの恥ずかしいんだ？」

「は……ず、かしくは、ないですけど」

「羞恥って」

「なんというか…………照れる」

思わず敬語が抜けてしまうほど、照れた。手を裏に向け、甲で頬の熱を冷まそうとするが、いかんせん手も熱い。今すぐ保冷剤をここに、と思いながらも俯いて、羞恥には変わりない照れに耐える。

咲子は、小説というものに誇りを持っている。心の、腹の、胸の、それぞれのうちを、それと脳内で構成される劇場を世間に披露するという行為は恥ずべきものかもしれないが、それでも小説は読まれるために紡がれている。読者がいない小説は、生まれてきた意義を見出せない。だから読者がいないと成り立たないもので、紡ぐ作家が恥ずかしいとか思ってはいけないのだ。でもその読者が水海なら。それが、咲子にとっての水海なら。

なんという感覚だろう、これは。

ただ心を見透かされるよりも、小説には芝居がかったものも含まれていて、そういうのを見られるのはやはり羞恥なのだ。

「そっか。じゃあ俺も風呂もらってくる」

「ど、どうぞ」

案外あっさりと話を終わりにされ、なんだか拍子抜けしてしまう。それでも丁寧に本をサイドテーブルに置き、水海はすたすたと廊下に出ていった。今の今まで水海が読んでいたものを、なんとなく見つめる。そっと近寄って手を伸ばし、表紙に触れた。意図があるのかないのかわからないが、処女作であった。どこの本棚から引っ張り出してきたのだ、こんなの。自身の著書は、あまりというか、ほとんど見返すことはない。だからどこの本棚にしまってあるのかもいつの間にか忘れてしまう。

でも、水海は見つけてきたんだろう。そのどこかから。

「…………」

髪から水滴が垂れて、慌ててタオルで拭う。そのついでに乱雑にしていた髪を、少し丁寧に拭いた。乾いたタオルが水気を吸っていく様を手で感じ取りながら、自分でもよくここまで来られたな、なんて感傷に浸ってしまう。

自分一人だけの力では、到底叶えられなかった今の生活。

でも、他の力だけではない。そこに、少しの自分の力が加わって。今がある。

「……恵まれてるなあ」

自分には、もったないと思える。

周りの人も環境も、自分が恵まれていることを自覚している。いや、正確に言えばふとした瞬間に自覚する。普段はそれを当然のもののように受け入れて、生きている。

なんと罰当たりな。でも、たまに自覚して感謝できるならいいんだよ、と水海なら言ってくれるだろうか。自惚れだろうか。今更自惚れていないなどという発言をするには、いささかタイミングが遅いかもしれない。だって、きっと、絶対に、咲子は自惚れている。

水海がいてくれる。

自分を好いて、いてくれる。

自惚れではなく、なんだというのだ。

表紙にそっと置かれていた指を反らせて押さえ、親指でぱらぱらとページを捲ってみる。生きる意味、だ。これは、自分が生まれた理由、生きていく理由、とにかく生死に関わる、大事なもの。片手で捲っていたのをもどかしく感じ、タオルを首に掛けると本を手に取った。プロローグ、と書かれたページを開く。拙作の書き出しに目を落として、視線は上下に流れていく。生きている。生きた自分が、これを書いた。

ここまで来られた。

誰のおかげ、みんなのおかげ。周りのおかげ。自分のおかげ。彼のおかげ。

「…………っ」

なんだろう、鼻がつんとして、目がだんだん潤んでいく。ずっと、こんな生活がしたかった。自分は無駄死にすることなく、生きた文章を書いて、今なお生き延びている。それが嬉しくて、なんだか感極まって、なんだなんだ、泣いているのかと自分で自分を揶揄する。

「うぅ～～……っ」

嬉しい、嬉しい。生きていることが尊い。死んでいない。無駄死にしなくて済んだのは、書くことができたから。小説という、何もないところに何かを生み出す指先が、脳内の物語を紡ぎ出すから。

「っひ、ぅ…………」

悲しいわけではない。胸が熱い。生きているからだ。

抱きしめられた不見神咲子の処女作は、彼女のパジャマ代わりのスウェットの胸辺りに押しつけられ、無言のままそこにあった。ともに歩んできた、ともに在ると言ってくれている気がするなんて、メルヘンが過ぎる。ちょうど首に掛かっていたタオルで、目元をぐっと押さえつける。熱い。胸だけではなく、涙もこんなに熱を孕んでいるのだ。

「なぁんか、改めてお泊まりって感じだね」

　お風呂から上がって、夕食を真夜中に出前で済ませた二人はのんびりと余暇を楽しんでいた。冷蔵庫に入っていた缶チューハイを開け、コップに注いでから乾杯をすると、かちん、と小気味のいい音を響かせた。

「改めても何も、いつも泊まってるじゃないですか」

　ちびり、とコップに口を付けて一口含みながら言うと、ふは、とアルコールの息を吐いた。

「二人ががっつり起きてるのって珍しいじゃん」

「まあ、そうですね。いつもはどちらか寝てますもんね」

「言っておくけど、俺は寝に来てるんじゃないからね？　わかってるよね」

「わかってますわかってます」

「うわあ……いい加減」

　酒が入ったからか、調子が良く口が軽くなる。まだ少ししか飲んでいないのに、もうすでにへべれけになっている咲子と違い、水海は顔色を変えない。そこに酒に強いかどうかが表れている気がするが、真偽はわからない。酒に関しての知識はあまりない。

「咲子さんって飲酒していいんだっけ？」

けろっと何かを言い出す水海に、咲子は胸を張る。

「二十歳過ぎてますよ」

「そっかあ、なんか未成年と飲んでるみたいだからさ」

「あなたね、私が気分いいからって悪口言うのはだめですよ」

「やっべえ酔ってる咲子さん超絶かわいい」

一緒に酒を飲むのは、なにげに今回が初めてだった。酒席はもちろん初めてのことばかりで、咲子だけでなく水海もテンションが上がっているようだった。それが連鎖して、どんどん気分は良くなっていく。酒の力はすごい。アルコールを含んだだけで、身体がふわふわと浮くようで、自分が無敵にでもなった気分。なんでもできそうだ。

「普段あまり飲まないよね？」

「そうですね、飲みません」

「なんで今日飲む気分になったの？」

「……別に」

「ふうん？」

言いながらコップを傾けて、チューハイをごくりと飲む喉仏をぼーっと眺める。上下に動いて、酒を飲み込んでいく喉から、つい目が離せなくなった。

「色っぽい」

「んえ?」

「水海、色っぽい」

「…………咲子さん、酒弱そうだね? あんま飲んじゃだめだよ」

「なんですか、独り占めする気ですか。私が買ってきたんですよ、このほろよいたち」

「あー、うん」

ソファの高さに合わせられた低いテーブルにコップを置き、水海が立ち上がる。台所まで行くと冷蔵庫のミネラルウォーターを注いで戻ってきた。

「酔っ払いにだめっつっても聞かないからなぁ」

「誰が酔っ払いですか」

「いやあんただよ」

ふふっとおかしそうに笑って、別のコップに注がれたミネラルウォーターを差し出す。咲子はぷい、と顔を逸らすとチューハイをこれ見よがしにごくごく飲んだ。あー、あー、と呆れた声を横で聞く。

「酒弱いのに、買ったんだ」

缶をこつん、と指でつついて問えば、咲子は鷹揚に頷いた。

「美味しそうだったので」

「酒って知らなかった？」

「知ってました。でも二十歳過ぎたから」

なるほど、と色とりどりの缶チューハイたちを横目で見た。たしかにジュースに見えなくもないが、おそらく本当に酒と知っていて買ったのだろう。値段を見て買うことはしなくても、口にする飲食物の中に何が入っているかはちゃんと確認して買うはずだ。

「甘いです」

「うん、でも酒だから、飲み過ぎないようにね」

「飲み過ぎるとどうなるんですか？」

「え、二日酔いになるよ。気持ち悪くなるよ、嫌でしょ？」

「……………」

黙って、コップの水面を見つめる。この甘いものが、そんな影響をもたらすのか、信じられないといった表情だ。

「その人の体質に合う合わないもあるからね。飲み過ぎなくても、気分悪くなるかもよ？」

　気分が悪くなるのは嫌だ。でも、この異常なまでの調子の上がりを見ると、たしかにそんな副作用があってもおかしくない。ええ、でも。祝い酒ってあるじゃない。何を祝うんだって話だけど、なんだか今日は特別な感じがして、できれば水海と同じペースで飲んでいたい。無理かもしれないけど。

「……まだ大丈夫です」

「水は？」

「まだ」

「……そう」

　心配そうにミネラルウォーターを手にしている水海を横目にぐいっと呷る。あー、とまた呆れた声が聞こえ、けれどそんなものは無視をする。

「水海も飲みなさい」

　びし、と水海の分のコップを指さし言うと、咲子から視線を外さないまま「いや飲むけどー」と少し不満そうだった。珍しい。酒を呷ると、珍しい気分にもなれるし珍しい水海も見られるのだ。悪いことばかりじゃない、といつになく前向きに捉えた。

「いや、大丈夫かな」

「水海、心配ばかりしているとはげますよ」

「心配するよそりゃあ。咲子さんが気持ち悪くなったら可哀想だし」

「…………」

あまりにも心配されて、反発心よりも申し訳なさが勝つ。こんな調子では、水海のほうがお酒を楽しめない。それは、咲子が気持ち悪くなることよりも可哀想な気がした。

ミネラルウォーターを受け取ると、くいと飲む。水さえ飲んでいれば水海が安心するなら、安いものだ。

「私って酒弱いんですかね」

「見た感じ弱そうだけど」

「えー」

「そんなふうに普段言わないじゃん。酔っ払ってる証拠」

水を多少含んでくれて少しは安心したのか、水海に笑みが戻る。いやどんな咲子さんもかわいいんだけどね、と付け加えるのも忘れない。いや、それがメインとでも言いかねない勢いだった。

「飲み過ぎなきゃいいんですよね」

「まだ飲むの？」

「一缶くらいなら平気ですよ」

たぶん、と言外に付け加えたが、見抜かれたかもしれない。

「いろんな経験しといたほうが、書けるかもしれないので」

「そう言われると強く止められないけどさ」

「水海は好きなんですよね、お酒」

「俺は……まあそれなりに」

「それなら、尚更」

コップの中の半透明な液体を見つめる。正直に言って、すっごくとっても美味しいってわけじゃあない。炭酸を少し苦めにしたような味だ。炭酸は嫌いじゃないけど、そんなに頻繁に飲むわけじゃないから、慣れなくて舌がぴりぴりとする。でも本当に、ショーケースの中にあった缶チューハイたちは美味しそうだったのだ。デザイン企画部はいい仕事をしている。ふと水海も飲むだろうかと、それなら買おう、と思って買ったのだ。

一緒に楽しめたら、と。咲子よりも大人である水海は、きっとお酒が好きだろう。

それは焼酎かもしれないし、日本酒かもしれないし、ビールかもしれない。何が好きかもわからないけど、自分も飲めそうなものといったらチューハイだと思った。ジュース感覚で飲める。まだ子供かもしれない自分でも飲める。甘さが助けてくれる。でも、ちょっとぱちぱちしている……。

「……咲子さん」

どうして見抜いてくるんだろう。どうして一緒に楽しく飲めないんだろう。年齢的には成人したのに、こんな炭酸まがいのものに苦戦しているなんて知られたくない。大丈夫、大丈夫。気分が多少良くなったのも本当。ふわふわする感覚も本当。でも、未知の感覚が怖いのも、本当。

「無理しなくていいから」

ひょい、とコップを奪われてしまい、見つめていた半透明が視界から消えた。ぱっと顔を上げると、いつの間にかあふれていた涙がこぼれて落ちて、想定外だったらしい水海はぎょっとして言葉を失った。

「そ、そんなに飲みたかった……？　ごめん、取り上げたりして」

はい、と渡してこようとするコップに、ぶんぶんと首を横に振る。違う、違うと思っているのに言葉にはせず、駄々っ子のように首を振り続けた。困ってしまった水海は、とりあえずチューハイに執着しているわけではないと察してくれ、コップをテーブルに置くと咲子を抱きしめた。

「咲子さん、泣き上戸？」

「うーっ」

「違う？　酒飲んで、泣いてるけど」

「泣いてない、れす」

「……はは、酒回ってきてんなぁ」

呂律回ってないね、と指摘される。自分でも、噛んでしまったのかと思った。ちゃんと発音したと思ったのに、そう、舌が思い通りに動いてくれない。

「もう寝ようか」

「え!?」

衝撃を受けて、それからどんどん腹が立ってきて、背中に回していた腕の先で拳を握り、脇腹を叩いてやった。

「いってぇー。なに、寝ないの？」

「寝ないっ、だって、」

「だって？」

「……っ」

もったいない、なんて恥ずかしくて言えない、これだけの醜態を晒しておいて、今更だと思われるかもしれないが、それでも素直に言えない。いつでも察してくれる水海に甘えてばかりで、しょうがない人間なのだ。

「よしよし」

とりあえず宥めよう、とでもいうように頭を撫でられる。むーっ、と唸るけど、大して気にされていない。咲子の思うことを読み取ろうとするように、撫でたあと顔を覗き込まれる。

「うん？」

「……寝ちゃうんですか、水海は」

本当にアルコールが回ってきたんだろう。急激な眠気に襲われる。思考も身体も咲子の思うようにいかない。まだ起きていて、水海と一緒にいたいのに、眠ってしまったら離れてしまう。もったいない。せっかく二人が起きている夜なのに。どうしてだろう、いつもだったら起きていられる時間なのに。

……あぅ、酒だー。

「咲子さん、眠いでしょ？」

「くっ、眠くていらいらします」

「あっはは！　赤ちゃんによくあるやつだ」

よしよし、とまた抱き込まれる。ああ、完璧に子供扱いしている。せっかくお酒を飲んだのに、一緒に大人の時間を過ごせたと思ったらいつもよりも幼い子供扱いをされてしまっている。酒に憧れていた以前の自分とか、大人の時間とか息巻いていた自分とかが急激に恥ずかしくなった。

お酒は咲子を大人にしてくれない。

それどころか、さらに子供にしてしまう。そう結論が出て意識は混濁していく。

「咲子さん、大丈夫？　頭痛くない？　気持ち悪くない？」

翌朝起きると、これでもかというほど心配された。夜中にコンビニで買ってきたらしいシジミの味噌汁を差し出されて、頭がまだぼんやりしている咲子はわけもわからず受け取っていた。ぼーっとしたまま、手の中のお椀を見つめる。

「なんです、これ」

「二日酔いにきくから」

飲んだら美味しかった。食卓について、向かい側で水海も味噌汁を飲んでいる。

「あなたも二日酔いですか」

「いや？」

やっぱり強い。そもそも、咲子のお守りでそれほど飲めなかったのかもしれない。自分から飲もうと言い出しておいて、申し訳ない。……まあ、二日酔いでなかったらシジミの味噌汁は飲んじゃいけないわけでもなし。二人で味噌汁を啜り、一息吐く。

時刻は八時だった。

「んああ、もうこんな時間ですか」

「大丈夫、酒抜けた？」

「抜けてます。そんなに飲んでませんもん」

咲子は二口、三口しか飲んでいない。それで二日酔いも何もあったものではない。それでも咲子より飲んだはずの水海がけろっとしているのだから、酒の強弱とは恐ろしい。なんだ、生まれつきのものなのか。味噌汁を平らげると、キッチンへと持って行く。

「俺洗っとく。いいよ、仕事行って」

「え、だめです。自分の分くらい洗いますよ」

ぐい、と茶碗の中身を呷ってから、水海がこちらにやってくる。横に並ぶと、改めて身長の高さを思い知った。いつもは座っているから、横に立たれるとそれがとてもよくわかる。

「一つも二つも変わんないから」

「……私がやっても変わりません」

　つい見惚れてしまい、返事のテンポが遅れる。わかっている、こんなやり取りをしている時間が不毛だと。不毛、と思っているのがどちらか片方だけなら、その片方が折れてやり取り自体が終了する。でも、どちらも不毛だなんて思っていなければ、延々といっていいほど続いてしまうものだ。咲子は水海がそう思うんじゃないかと危惧していただけで、自身は不毛なんて一切感じていなかった。

「分からず屋さん」

　吐息を一つ、そして咲子の額に一つ、唇を落とす。いちいち絶句する咲子を、硬直して動けなくなった咲子を、ひょいっと横抱きする。

「ちょっ！」

「俺がやるからいーの」

　仕事部屋まで連れて行かれると、はい、と椅子に座らされる。その辺にあったブランケットを膝にかけると、水海は「頑張ってね」と言い置いて部屋からリビングへ戻っていってしまった。

「なっ……」

まるで瞬間移動をしたような気分になる。一切歩かず、仕事部屋の椅子まで来てしまった。その瞬間移動の方法が、問題あるけれど。もう、どうしていちいち過剰反応してしまうのだ、自分は。いや、いつまで経ってもこんな、抱き上げられてしまったら、心穏やかじゃいられない。落ち着け、落ち着け自分、と暗示をかける。スリープしていたノートパソコンを起動させて、中に入りっぱなしのCDを、気持ち音量大きめにして流す。すでに鼓膜にこびりついているメロディーのイントロがいつもより大きく聴こえてきて、雑念がばっと消し飛んでいくのがわかった。

そうだ、やることをやらねば。

「…………………」

しばし、止まる。それから画面に目を走らせ、無理やりにキーボードに指を乗せる。

「……？」不思議な感覚。いったい、どうしたことだろう。なんで、頭に何も思い浮かばないのだろう。がたっと大げさな音を立てて立ち上がり、焦りがじわりと滲む。頭をフル回転させても、続きが思いつかない。もう一回座ってみて、画面と向き合う。真っ白だ。部屋の中をぺたぺたと歩き回る。ぐるぐる回って、椅子に座る。頭がショートしてしまったかのように、壊れてしまったかのように、働かなくなる。でも、これがまずい事態だということだけは、じわじわと染みを広げるように理解していく。

「……うそだあ」

そう、嘘のような出来事だ。こんなことは、今までにあっただろうか。そんなことを思い出す暇さえも焦燥にかき消されていく。どくんどくん、うるさい。このまま書けなかったら、どうする？　どうなる？　不見神咲子は死んでいく。この世からあっさりと、消えてしまうのだ。

走り出す勢いで部屋から出ると、リビングへ一直線に向かった。洗い物をとっくに済ませていた水海は、ソファに座ってまた文庫本を読んでいた。しばらく籠もるだろうと思っていたらしく、早々にリビングに戻ってきた咲子を見て驚いている。

「どしたの」

半分泣きそうになりながら立ち尽くす。その、水海が読んでいるのは、咲子のデビュー作だ。読者がいる。いてくれる。それなのに、書けないなんて。

「紅茶？　いれようか？」

栞を挟んだ本をサイドテーブルに置くと、腰を浮かせた。ふるふると頭を振って駆け出すと、立ち上がりかけたその身体に体当たりするように抱きついた。

「咲子さん？　どうしたの」

抱きしめ返され、頭を撫でられる。言えないし、言いたくない。書けないなんて、不見神咲子が書けないなんて、知られたくない。事実なのに、隠しても意味のないことなのに、どうして咲子自身が言わなければいけないんだ、そんなことと半ば自棄になって思う。

咲子が口に出して理由を言わない分、きっと水海はありとあらゆる可能性を脳内で巡らせたのだろう。咲子がどうしてこんな状態になっているのか、水海がわかる範囲で、知ろうとしてくれたのだろう。

「……とりあえず、お茶いれるね」

「やだ。行かないでください」

「わかった」

即答すると、咲子を抱きしめながらソファに深く腰掛けた。やわらかいマットレスに、もふっと包まれる感覚。近頃、水海は水海の匂いしかしない。他人の匂いを纏っていない水海の匂いとは、こんな感じなのかとようやく知った気がする。

「……書けな、くて。私、こんなこと初めてで、どうしよう……」

「……スランプ?」

言葉にしたら明確になる気がして、避けていた。でも、水海はあえて口にした。ぴくり、と反応してから、静かにこくりと頷いた。

「まだ、わからない……そう決めるのはまだ早いかも、しれないけど、でも。……そうなの、かも」

「……そっか」

そうと決めつけるには時期尚早かもしれない。まだ、ほんの数分書けなかっただけなんだから。何時間も画面の前で思い悩んだわけではない。水海がいたから、助けを求めるようにここまで駆け込んでしまった。

「とりあえず書けないなら、書かなければいいんじゃない」

「え」

「素人に言われても説得力ないかもしれないけど。急ぎなの？」

やや沈黙してから、ふるり、と首を振る。髪が頬を叩かない程度に、ゆっくりと。

「じゃあ」

「でも。この時間に書こうと、いつも、決めていて。だから」

「だからって無理に書こうとして、いいの書ける？」

「…………書けない」

書けないのがかなり屈辱的で、ぎり、と唇を噛んだ。声も、地の底から絞り出したようなものになる。慰めるように、ぽん、と後頭部に手をやられ、優しく撫でられた。心は、だんだんと時間をかけて溶けてゆく。

心みたいに時間をかけて、スランプじみたものもなくなればいい。

どこか遠くに、消えてしまえばいい。

不見神咲子に、書けない時間なんて必要ない。

「……寝て、起きたら、書けたらいいのに」

「そうだね」

めちゃくちゃな感情。でもただ一点だけを見つめている気持ちを肯定してくれる誰かがいるとは、こういう感じがするのかと実感する。自分が自分にただ言い聞かせるのとは訳が違う。信じる力が倍になる。二倍、三倍どころの話じゃない。もっと、もっと。

水海だからもっと、百倍ほどの力が、咲子に湧いてくる。支えてくれるし、なんだろう、道が一方通行じゃないみたいな。選択肢という道が複数わっとあって、これが駄目ならあれを試してみようと思えるような、そんな柔軟さと心強さ。

大げさだろうか？　咲子にとっては全然そんなことはなかった。

「散歩にでも行こうか」

「……散歩、」

「歩きでも、車でも。咲子さんがいいように」

外に出ることを嫌っていた咲子が散歩。水海がいればドライブにだってできる。スランプじみたもの、とあくまで認めない咲子がとっさに思いつくのは、もちろん気分転換ではあった。他の何かをして、家に帰ってきたら書けた、というのは理想だが、咲子の場合どうなのだろう。転換する気分が限られているというか、いつどこにいても小説のことを考えている咲子は、外に出たからといって切り替えなどできるのだろうか。……それとも、水海がいるから、できるだろうか。

「……外の空気、吸うだけでも違いますかね」

「そうだね。行く？」

「じゃあ、近場に」

書けなくて元気をなくした咲子と反対に、何故か水海ははりきって立ち上がった。

「よっしゃ、デートだ」

「……へ」

「デート行こう、咲子さん」

お互い一緒にいてもどちらかが寝ていて、どちらかが起きていて、なんてザラな生活だった。お互い目が冴えているだけであんなに興奮した夜もあった。日中に外に出てデートなんて、考えたこともなかった。

水海は考えていたんだろうか。

いつでも咲子優先で、自分のことは後回しにしている水海は、それでも不満げな顔一つ見せず、笑ってくれる。それが本心なのか、そうでないのかは、咲子には判然としない。ただ、本心であってくれればいいな、とは思う。咲子と一緒にいることを、咲子に振り回されることを、迷惑だと、思っていなければいいと思う。なるべく本心でそばにいて欲しい。嫌なことは嫌と言って欲しい。その言葉に、咲子が傷ついてしまったとしても、水海の本心を知ることは何よりも大事なことのように思うから。

「ん。行く」

一人だったら、こんなに冷静でいられただろうか。一人で慌てふためいて、どうしよう、の無限ループで。書けるまで画面の前から動かなかったかもしれない。それで一人で苦しくなって、紡ぎ出す言葉たちは咲子の意に反して思わしくないものになっていただろうと、そう思う。書けなければ価値がないとまで考えていた咲子にとって、こういった事態は一人では到底どうにもできなかったに違いない。

身支度をして、家から出る。外の駐車場の前で車を眺めながら、歩いて行くか運転してもらうかを吟味する。

　ノートパソコンを入れたトートバッグを、水海がひょいと引き取ってくれた。

「どうする?」

「……水海は、どういう気分ですか」

「天気いいし、歩いてもいいかなって感じかな」

「じゃあ、歩きます。荷物は、持ちます。自分のですから」

　奪い返そうとすると、トートバッグを咲子の手から遠ざけられた。

「大丈夫、俺持ってるから」

「重いでしょう」

「そんなのを咲子さんに持たせられないよ」

「箸より重いものを持てなくさせる気ですか」

「一緒にいるときだけ。ね」

　言い切られて、そのまま渋々持ってもらうことになった。敷地内から出て、マンション前の歩道に出る。立ち止まって風を感じていると、水海もそれに倣う。

「気持ちーね」

「……はい」

晴天は、咲子が思っていたよりも身体や心を蝕まなかった。顔や手といった、洋服に包まれていない素肌に風を浴びる。そよそよとしていて、水海のように穏やかで優しい。

「はい」

水海が左手を差し出してくる。疑問の目でその手のひらを見つめた。

「手、つなぎたい」

「……っ」

「デートなんだから」

「そ、そうなんです、か」

声が裏返ってしまい、恥ずかしい。でもそれを、馬鹿にしたりしない。咲子が手を出すまで、水海はそのままの体勢で待っていた。まるで犬のお手のように、差し出された手に、己の手を乗せる。ぎゅっと握られて、びくっとした。

「よし、出発」

なんだか嬉しそう。それは咲子が認めないスランプじみたものを喜んでいるのではなく、こうして一緒に出かけられるからなのだろう。やはり、無意識に我慢をさせていたんだろうか。歩き出しながら、そんなふうに思う。水海は的確に咲子の願うようにしてくれる。それなら咲子だって、水海の望みを叶えたいではないか。大きくて温かい手を握り返すと、水海がこちらを振り向いた気がした。振り向いた、とはっきり言えないのは、咲子が俯いてしまって見えなかったからだ。

「楽しいね」

まだ数歩しか歩いていないのに、そんなことを言う。外にいて、車道を車が通っていく。ランニングをしている人や、談笑して道をいく女性二人組や、カップルと思しき男女が目に入る。近所なのに、淡いピンク色の家があるのを今初めて知った。庭先を掃いていた中年女性が、水海と咲子を見て微笑ましいというように口元を緩めている。見上げれば、空が青い。まるで初めて外の世界に出た生き物のように、初めて目にするものも、既視感のあるものも、視界から情報として入ってくる感覚に新鮮さを感じる。外ってこんな感じだったっけ。外って、ああ、うん。こんな感じだった。感情が豊かになっていく。

ゆっくりとした足取り。目的地は決まっていない。だらだら、ぶらぶらと、咲子の歩調に合わせて水海も歩く。けっして急いだりしない。それだって確実に、前には進んでいる。

十分ほど歩くと、最寄りの駅を通りかかった。咲子は久しぶりに見るそれを、駅名が刻まれた看板を見上げた。

「電車乗る?」

「えっ」

「あ、遠く行きたくないか」

「いや、電車……電車ですか。乗ります、二駅先に、図書館があって」

「わかった。そこ行こう」

二人で電子マネーをタッチする。なかなか使うことのない電子マネーの残高は八千円だった。それを伝えると、水海も「俺は二千円残ってた」と笑った。駅のホームで電車を待っている間、他愛のない話をした。

咲子の寝言。咲子の家に備蓄してあるお菓子のこと。角砂糖がもうすぐなくなりそうなこと。紅茶のティーバッグは水海がついこの間たくさん買い溜めしてきたこと。話すことはいっぱいあって、十分後の予定だった電車はあっという間に駅に滑り込んできた。

ふは、と息を吐く。

「大丈夫、疲れた?」

「いえ。……楽しいです」

「なら、良かった」

普段と違うことをしている咲子を気遣う水海は、その返事を聞いて心底ほっとしたようだった。

がらがらの普通電車で、二人して隅っこに座った。流れゆく景色は、歩いているときも走っているときも生身では見ることのできないものだった。興味の対象が見えて、あ、と思ってもすぐに流れていってしまう。それがもどかしく、帰りにもう一回見られるだろうかと、希望も生まれる。

喫茶店に行ったときには、こんな風に思わなかった。思えなかった。目の前にフィルターがかかっていたみたいな。もやの風呂敷が眼前にかぶせられ、ふわふわ上下左右に動いてより鮮明に見えなくしていたような。

「なんだか満員電車のイメージが強かったですが、こういうがらがらなのはいいですね。揺られて、運ばれていく」

「うん」

「この振動が、まるで胎児に戻ったみたい……」

ガタンゴトン、と電車のオノマトペ。深く席に腰をかけ、人がいないのをいいことに足も伸ばす。全身を弛緩させ、窓から入り込む陽を肩の辺りにじわりと浴びて、微睡む条件が揃っているようだった。

　咲子の声を聞きながらゆったり微笑んでいた水海も同じだったらしく、まぶたが重そうだった。

「眠いですか」

「うーん、ちょっとね。でも大丈夫だよ」

　ちょうどそのとき、目的としていた駅に着いた。降りようか、と立ち上がろうとした水海の服の裾を引っ張った。

「もう少し、乗っていましょう」

「え?」

　水海が珍しい驚き顔をしたところで、電車の扉は閉ざされてしまった。あっ、と水海が焦ったような声を出す。

「え、いいの? 図書館……」

「今日は、揺られようかと思って」

「揺られる」

「電車に揺られながらうたた寝も、悪くないかな、と」

「…………わ」

「わ？」

　座り直すと、何故か咲子と逆方向を向いてしまう。その行動がなんなのかわからず、咲子は水海の顔を覗き込もうと前のめりになった。油断しきっていた咲子は、大きく電車が曲がった拍子に背中を押し出されるようにしてよろめいた。水海が腕を掴んで引き寄せ、転ばずに済む。

「危なかった……」

「……すみません」

　ゆったり走っていた鈍行電車が急に猛威をふるったように感じながら、転ばずに済んで良かったと内心鼓動を高くさせ、乗車ルールを守り大人しく座った。

「急に、あなたが顔を逸らすからですよ」

「いや、ごめん。咲子さんが俺を気遣ってくれたんだなーって思ったら感動しちゃって」

「子供の成長日記でしょうか」

「偉いね、咲子さん」

「ノってこなくていいんですよっ」

　頭を撫でてきた手を振り払い、真正面を向く。ふん、と鼻を鳴らして怒りを表している咲子を、愛しそうに見つめる。その視線は、見なくても頬をじりじりと焼いた。

「見過ぎです」

「見ちゃだめなの？」

「……っ」

挑戦的な表情にぐっと喉を詰まらせる。

「そ、そんなこと言ってると、次で降りますよ。喉渇いたんで！」

「いいよ」

完全に目が覚めてしまったらしい水海はにっこり笑って快諾する。意地悪のしようがないやつだ。こちらが何を言っても困った顔も見せず、笑って全部受け入れてしまう。どれだけ寛容なのだ、この男。どれだけ、心が広いのだ。皆目見当がつかない。

困らせたくないけど、ここまで頑なだと、逆に何で困るのかが気になってくる。

……想像では、どうにも困る水海というものが映像などで浮かんでこない。が、今は咲子自身が書けなくて困っているのに、それをどうこう考えている場合ではなかった。人を困らせることなんか考えているから、自分が困る羽目になるのだと少し反省する。

次の駅に着き、徐行運転になる。しっかりと止まってから立ち上がり、二人で揃って開いた扉から降りた。振動で足の裏がびりびりする。降り立ったホームにしばらく立ち竦み、電車が去ってからホームの端にある階段へと向かう。あまり来たことのない駅だった。きょろきょろしている咲子に反し、水海は落ち着いて前へと進んでいく。来たことがあるのかな。なんてふと思う。聞こうかな、と思っていると手が差し出される。

「ほら」

反射的に握り、周りを見ていても前を向いている水海の手に導かれるように進むから安心していられる。

「カフェ入ろっか」

「はい」

駅から降りてすぐに見つけたカフェへと入る。席に着くと、さっとメニューを差し出された。

「何にする？」

「ううん。ロイヤルミルクティー……いや、抹茶……」

「じゃあその二つにしよ。ホットでいいよね」

「え、あ、はい」

メニューを持ってレジへと向かっていく水海の背中を見送る。なんだっけ、こういうの、スパダリ？　いやいや、よくわからないのに流行りの言葉をむやみに使うものではない。それでも、知識としてあるスパダリを思わずにはいられなかった。だって水海はスマートで、紳士だもの。

ぼーっと店内のBGMを聞きながら待っていると、程なくして水海が戻ってくる。二つのカップを両手で持ち「お待たせ」と言ってそれをテーブルに置いた。

「良かったぁ、咲子さんナンパとかされてなくて」

心底安堵したように言うから、おかしくなる。座って脱力している水海のつむじを見つめながら、カップの一つを引き寄せる。熱い。

「いくらです？」

「お金？　いいよ、別に。無事でいてくれたし」

「なんですか、その基準。なんか私、駄目なやつみたいじゃないですか」

「えっ、駄目じゃないでしょ」

「奢ってもらってばかりで、嫌なやつじゃないですか。文句あるならお金払わせてください」

「……いいのに、ほんとに」

あ、困った顔、見られた。

猫舌なので、しばし待つ。猫舌ではない水海は一緒に待つつもりらしく、なかなかどちらの飲み物にも手を出さないから、蓋がされていて中身のわからないまま一つのカップを水海のほうに差し出した。

「待たなくていいですから」

「俺も猫舌だもん」

「嘘つき。真似しないでください」

「バレてんだ」

言いつつ、バレていたことが嬉しそうな顔をする。なんだかんだ不思議が残る、水海という人間性。咲子は、水海に言って鞄を受け取ると、ノートパソコンを取り出した。水海のほうはさりげなく、自分の小さい鞄から文庫本を取り出し、咲子が集中しても自分の存在を気にさせないようにする。

「あ、すみません。書けるかわからないですけど」

「ううん。いいよ。俺のこと気にしないで大丈夫だから」

言って、咲子はパソコンを、水海は文庫本を広げてそれぞれの世界に入ろうとする。

店内のざわめきが、うるさいような心地のよいような、どっちつかずの感想を抱かせる。最初はなんとなく内容を予測できる会話も、雑音になって溶けていく。流れている音楽が、単なる音になっていく。顎に指を添え、ふむと一つ頷いて画面の中の文章を読み返していく。さっきの、急に何も思いつかなかったときの恐怖心がなくなったわけではない。書けている最後までいって、まだ何も浮かばなかったらどうしようと、思う。それでも自分が紡いでいった一文一文を噛み締めるように読んでいき、次の展開を夢想する。

……んー。

気分転換できたと思ったけど、まだ途中であるし、そもそも気分転換をしたからといって絶対に続きが書けるという保証もないままだ。やはりというか、書けない。

何も思い浮かばないままだった。

そう上手くはいかないか。

そんなに簡単に書けない状態から脱せるわけがない。何にしても、自分の考えは甘い。慣れないことをしたからと言って、過剰な気分転換ができたつもりになって、でもそれは今の状態から脱せるのイコールではないのだ。急に自分の世界からぽいっと追い出されてしまったような気分で、ざわめきが、ただのざわめきとして耳に入ってくる。横の席にいる男女は、この間行ったデートスポットについて話している。もう少し離れた席の高齢の女性二人は、お互いの耳が遠いのか大声で自分の旦那があまりにも動かないと話している。縁側で日がな一日横になり、ラジオの音に耳を傾けている、と。旦那さんも耳が遠いらしく、けっこうな大音量でラジオを流しているようだ。ご近所迷惑になるんじゃないかなぁと、咲子はやや心配になる。

そっと視線を上げると、とても集中して読書をしている水海がそこにいた。

良かった、消え去っていなくて。ブックカバーがされているそれは、どんなものを読んでいるかを他人に知らしめまいとしている。前の続きで、咲子の処女作か。はたまた全く別の、本なのか。何を読んでいるの、と聞けば教えてくれるだろうけれど、別に知らないままでもいいかという気もする。小説とか、実用書とか、読み物はいろいろあるだろうけど。まあなんとなく、小説だろうなあとは思うから。

「…………」

カップを一つ引き寄せて、口を付ける。もうぬるいぐらいに冷めたそれは、抹茶ラテだった。冷めていても美味。このくらいのぬるさでちょうどいい。でも水海は、もっと熱々のときに飲みたかったんじゃないだろうか。よくわからないけど、猫舌の人間だって熱いものを毛嫌いしているわけじゃない。熱くても飲めるものなら、食べられるものなら、口にしたいと切望している。熱さは罪ではない。できたてほやほやの証である。それを飲食できるのは、猫舌からしたら勇者ぐらいすごい存在である。

なんたって、できたてほやほやは、その言葉からして美味しそうではないか。舌が火傷することがなければ味わいたい、味わってみたい、そのほやほやを。……と、つい熱くなってしまう。猫舌なのに。心だけは燃やさせる、猫舌であろうとも。舌だけですべてが決まるわけではないのだ。もっと視野を広げねばならない、と謎の使命感を今、背負った気がした。

鞄から取り出した資料に目を通す。これを書き始めるに当たって、乱雑にまとめたデータだ。何かヒントは転がっていないか、ヒント、というのもおかしいかもしれないが、何か展開するのに活かせるもの。書き漏れている情報がないか、回収していない伏線がないか、確認していく。

今、物語はクライマックスよりもやや前の辺り。逆に言えばクライマックスに入る直前と言っていい。こんなところで躓くなんて、考えてもみなかった。書き始めた頃も、書いている最中も、書けなくなるなんて思わなかった。躓くと思っていなかったのは、何も自分の力を過剰に信用していたわけじゃない。咲子にはそれしかなかったから、その唯一がなくなるとは思っていなかった。ミスは転がっている。自分で言った言葉だ。でも実際に躓くとは思っていなかったのだろう、浅はかな自分に、どんな感情を抱けばいいのかさえ、今はわからない。資料に目を通していたはずが、乱雑なデータの上を滑っていくだけで何も頭に入ってきていないことに気づく。……活字に、いや、物語に嫌われてしまったんだろうか。

へにゃと顔を崩していると、紙の端をちょいと突かれた。

「咲子さん？　だいじょぶ」

「……ん」

唸っていると、水海に苦笑される。本を閉じると、咲子の持っていたデータ資料も取り上げた。

「ちょっと休憩」

「……せざるを得ません」

書けないから。これ以上、進めないから。そんな弱音を、ぽろぽろとこぼしたくなる。でも、うっすらと、このスランプじみたものを長い目で見なければいけないんじゃないか、ということも考えていた。ここでノートパソコンを開けたとき、書けるかもしれないと思っていた。心のどこかでまだ無理と思いながらも、また別のどこかではもう書けるんじゃないかと。でも、駄目だ。頭が回らない。ふっと顔を上げ、店内の天井を眺める。物語から離れてしまった世界だなと思う。まっさらで、活字の一つもなくて、今まで咲子がいた世界とは、また違った場所なのだと教えてくる。目をぎゅっと閉じて、ここではないのに、と悔やむ。違うのだ、求めているものは。もっと、もっと、なんだろう。書きたいのに書けないのは、こんなにもつらいのか。

「ねえ、何読んでるのか聞かないの？」

不意に水海がそんなことを聞いてくる。へえ？　と空気の抜けた声がもれ、言われたことを理解するまでに数秒かかった。

「……別に、聞かなくてもいいかなと」

「ええ、興味ないの？」

「ないわけじゃないです。水海だって、私に一から十まで教えてくれなくてもいいんですよ。秘密、というと大げさですが、秘め事はあって然るべきというか」

「ふぅん、クールだねえ」

「知りたがりは重いと思いますので」

「俺は知りたいけど。重い？」

何を、と問おうとして水海の瞳が貫くように見てくるのを見返した。ここにはたくさんの人がいて、屋内はもちろん窓の外にも風景が広がっていて、それでもその中で咲子だけをまっすぐに見つめてくる。カップや皿といった食器類、飲み物が入っていたカップを傾けたり、飲み終えたそれを片付けたり。動いて目を追わせる人間はここには無数にいるのに。

　咲子も、輪郭をぼんやりさせながらも水海だけをその瞳に映した。他が何も見えなくなる。見えない手で顔を、視線を固定されているような感覚はこれまでにも覚えのあるものだった。

「咲子さんのこと、なんでも知りたいけど」

　なんでも知りたい。そういう水海に溺れかけるけど、でも、咲子のなんでもなんて、たかが知れている。開示するほどのことでもない。ぼーっと生きている人間だ。

「……底の浅い、人間ですよ」

「まぁたそんなこと言う。ま、いちいち気にすることないか。俺から逃げたいから言うだけだもんね」

「なんですか、逃げたい？」

「俺が踏み込んでくるの、怖いでしょ。だから自分の価値下げて届かないようにする」

「…………………」

　何？

　ふとした違和感に、胸の辺りがざわつく。核心に近い部分を刺激された感覚に、また逃げ出したくなる。

「あ、喧嘩したいんじゃないからね。誤解しないで」

破顔して、その豊かな表情をのせた顔を、肘をついて手で支える。

挑発されている、と直感的にそう思った。どうしてこのタイミングで？　と疑問に思ったけれど、そんなのは人それぞれだ。水海は今、咲子にそう伝えたかったのだろう。咲子が何故このタイミングで、と思っても、水海にとったら今まさにこのタイミングで伝えるべきことだったのかもしれない。いや、タイミングでなくても、口をついて出てしまった。

「別に喧嘩でも構いません。私は今、穏やかじゃいられませんから」

「書けないから？」

あまりにもはっきりと指摘されて、かっと血が上る。言われた言葉に耳の後ろがざわざわする。比喩ではあるけど、目が血に濡れていく感覚。ばん、とノートパソコンを力任せに閉じた。「八つ当たりはだめだよ」なんて言ってくる水海に、苛立つ。ざわざわする。髪が逆立つような、不穏なものを背負っている。それを前面に出さないよう、堪えていた。

「帰ります」

「送るよ」

「結構です。……一人で、帰ります」

　こんなことは初めてだった。喧嘩だった。水海にここまで苛立つ日が来るなんて思ったことなかった。書けない日が来るとも、思っていなかったのに。

　店外に出ると、さっきまであんなに晴れていたのに雨が降っていた。思わず舌打ちしそうになる。ざわざわする。身も心も、内に湧き上がった怒りのような苛立ちを感じて抑えるのに必死で、それでもやる事なす事が気に食わない。傘なんて持っていない。水海が追いかけてくるんじゃないかと、そんなふうに自惚れて濡れるのを覚悟でさっさと店の庇から飛び出した。すでにできあがっている水たまりをばしゃばしゃと音を立てながら踏んで、駅に向かって前に前にと進んでいく。泣きたくなってくる。髪や頰や服を濡らしていく雨に、水海に苛立つ自分に、喧嘩してしまった事実に。

「あーっ、もう！」

　苛々する。こんな感情、自分にあったのかと思う。もっと物事は無機質で、自分の心もさざ波みたいなもので荒立つこともないと思っていた。こんなふうに行き場のない怒りを持て余すなんて、どうしたことだろう。自分が今何を求めているのかも不明瞭で、怒りは余計に増していく。

挑発じみたことをされたのは、初めてではない、はず。時折、咲子を試すような言動をすることが、水海にはあった。何が、喧嘩したいんじゃないから、だ。自分からいつも吹っ掛けてくるくせに。今度こそ舌打ちした。し慣れていないから様にならないのが情けない。それでも意地になって何回も繰り返す。足を地面に着ける度、ちっと舌を打った。

「馬鹿、馬鹿、ばぁか!」

家に着いた途端、我慢できずに玄関先で叫んだ。相手がおらず届いていないからか、ちっともすっきりしない。

……本当は、違う。馬鹿と罵られるべきなのは自分であって水海ではないこと。少しだけ冷静になると、何故それがさっきわからなかったのだ、と思うほどに自分が勝手に苛立っていたのだ。いつだって気遣ってくれる人間に少し挑発されただけで、それも挑発とは限らなくて、そんな相手に怒って一人でさっさと帰ってきてしまったのは、間違いなく自分が悪い。苛々の次は自己嫌悪だなんて、なんて忙しい感情なのだ。

項垂れたまま廊下を行き、シャワーを浴びる。濡れた身体を温めるというより、頭を冷やす意味合いのほうが強い。だから浴槽にお湯を張らなかった。戒めのようだった。脱衣所を出ると、真っ先にスマホを確認する。当然ながら、水海からの連絡はない。カーテンを開けると、雨はあっさりと止んでいて青空が顔を出していた。……もしかして、水海は本気で咲子に愛想を尽かしたかもしれない。これまで水海の我慢強さに甘えすぎていた。水海がもっと怒ってもいい場面なんて、今までいくらでもあった。それなのに咲子に穏やかさを与えてくれていた水海は、なんて優しい人間なのだろう。

一緒に乗ってきた電車。帰りに一人で乗ったときの虚しさは、楽しかった記憶に張り合うようにこれでもかと気分を落ち込ませた。

謝らなければいけない。でも、もう会ってくれないかもしれない。水海が何を読んでいたか、聞けば良かった。気になっていたなら、聞けば良かった。興味がないんじゃない。そんなことない。そんなわけない。水海は咲子にとって、数少ない興味対象なのに。

「怒らないって、言ったくせにー……」

この期に及んで人の所為にする。だから水海は愛想を尽かしたというのに。もう何にどんな感情をぶつけたらいいかもわからない。

玄関へとぼとぼ歩いて行って、扉を見つめる。もう意味のないことだ。待っていても来ない。それでもドアノブを、捻る……。

「咲子さん、デリバリー」

「……えっ」

扉を開けたら水海がそこにいて、夢かと思う。いつ寝たのだろう。そっか、お風呂から上がってそのまま布団に入ったんだっけ？　そうだったっけ？　でも、そうか。夢か。夢かぁ。

「全然飲んでないロイヤルミルクティー、テイクアウトしてきたよ」

夢。とても性能がいいんだろうか、自分の脳内は。ここまで鮮明に再現できるのだろうか。

「ただいま」

そう言うと、水海は家の中に入ってくる。咲子の横を通り過ぎ、リビングに向かっていく。ぽかんとしてそれを眺めたまま、水海の姿が見えなくなると不安になって慌てて後を追った。

「み、水海……？」

夢とわかっているのに、呼びかけてしまう。

「どうして、」

夢の、はずなのに。

問いかけてしまう。

　室内を向いた水海は、こちらに背中を向けていて表情を見ることは叶わない。それが、やっぱり夢なのかと思ってしまう。夢だから、振り向いてくれない。顔を見せてくれない。いや、違う、夢なら、もっと都合良くあって欲しい。都合良くあるべきだ。振り向いて欲しい、と念じる。振り向け、思いを込めて。

「咲子さん」

　依然振り向いてくれない水海は、咲子の名前を呼んだ。そこにどんな、どれほどの、感情が隠されているかを推し量れない。だから自分はポンコツなんだろうか。わからないから、愛想を尽かされたんだろうか。

「ごめんね」

　謝られたことで、唐突に現実に引き戻された気がした。夢なんかじゃない。

「俺ってたぶん、駄目なとこいっぱいある。でも咲子さんって、そういうのまったく気にしないよね。気づいてないって可能性だってある。それってさ、それって……すごい、ことだよ。俺の悪いとこ、咲子さんがみんな良いとこに変えてくれるみたいだ」

「……っ」

水海は持っていた紙袋を、サイドテーブルに置いた。振り向いてくれそうで、振り向いてくれない。まるで焦らされているようだ。

「……咲子さんの顔見たいんだけど、ごめん、ちょっと俺、情けない顔してる……」

こんなに弱々しい声を出す水海を、知らない。いつも飄々としていて、笑っていて、余裕があって。そのどれもが今の水海に当てはまらない。切羽詰まった雰囲気だけが、伝わってくる。

「俺、咲子さんが………」

続きは、洟を啜る音だった。泣いているのだろうか、あの水海が。

ゆっくりと歩み寄り、袖の端を摘まんだ。びくっと大げさに跳ね上がった振動が、手に伝わってくる。覗き込もうとすると、視線を逸らされた。泣きそうな表情をした水海がいて、どんどん身を乗り出していく。

「待って、」

「何を、」

「情けないから……」

掴まれていないほうの腕で顔を覆うとするから、その腕も掴んで止めた。

「言いましたよね、どんなあなたも美しいって」

「……そう？」

「言いましたよね。どんなあなたのことも好きですって」

泣きそう、だったのが変わり、涙があふれて泣いてしまう。その頰を伝う滴も、本人に負けず劣らず美しかった。

「……ごめん、咲子さんが、スランプって聞いて、俺もなんか勝手に、動揺した。どうしたら咲子さんがまた望むように書けるのか、って、考えて。でもどれが正解かわからない。怒らせちゃって、余計、咲子さんの心労増やした。最低だ。咲子さんいつも自分が駄目人間みたいに言うけど、全然そうじゃない。俺のほうが、俺が、駄目なんだ。好きな人が自分陥れるのが嫌だとか言って、そのくせ俺は俺を好きになれない。でも咲子さんを好きな自分のことは好きなんだ。好きでいられるんだ。純粋に咲子さんだけを好きなのに、そんな咲子さんを利用して自分を好きでいられるようにしているのかと思うと、自分の最低ぶりに吐き気がする。……俺なんか、相応しくないかもしれないけど、俺じゃない他の誰かが咲子さんのとなりにいるのは嫌だ。嫌なんだ。誰にも渡したくないんだ。独占したいんだ。どろどろなので、いっぱいで、きれいな咲子さんを汚してしまうかもしれない。汚しちゃいけないのに、汚したくて、咲子さんが、とにかく咲子さんが」

長い、独白は。

咲子の唇が塞いで終わらせてしまった。

身長が高くて、背伸びをしないと届かない。でも咲子がつま先立ちするのを、水海は言葉を絞り出すのに必死で気づかなかった。少し右に傾け、唇に唇を合わせた。見開かれた水海の目と、咲子の目が至近距離で交じり合って、つま先立ちの限界が来た咲子はすとんと元の位置に戻ってしまう。どきどきする。どろどろの感情を持っているらしい水海に、どきどきしていた。

生身の人間を恐ろしく思っていた。でも今は、その生々しさに胸が高鳴っている。どういう心境の変化だろう。目の前にいる人間が、水海が、変えてしまったのだ。

「咲子さ……」

「いればいいじゃないですか、私のそばに」

それは咲子も望んでいることだから。利害は一致している。眠いときに感情がだだ漏れしていると、言っていた。その咲子の乱れた感情を受け入れてくれたのは水海だ。そんなことで嫌うと思ったら大間違いだって、言ったのはそっちのくせに。

「スランプは、私の問題です。あなたに解決してもらおうなんて思っていませんよ。むしろ、これまであなたがいたから書けたこともあるので」

「……俺、」

「なんですか、まだこれ以上なにか、」

　抱きしめられ、一瞬息が止まった。ああ、水海の匂い。温度。それらにいっぱい包まれて、もういろんなことがどうでも良くなる。今書けなくても、これまで書けていたものがこれから書けないなんてことはない。絶対はない。心をここまで窮屈にされて、文章を書きたくてたまらなくなってくる。

「……咲子さんから、キスされた」

　さっきまでの地の底に沈んだような声とは比べ物にならない、熱に浮かされた声。

「わ、悪いですか。あなたのうるさい口を塞いだまでです」

　つい、かわいくない発言を早口でしてしまう。それでも、咲子の基準には当てはまらない、いつだって。水海は、きっとかわいいと言って笑う。

「俺ってけっこう現金だったんだ。こんなに、いろんなことどうでも良くなるなんて思わなかった」

「……そうですか」

「もっとしてもいい？」

　何を、という問いを飲み込まされる。呼吸が正常にできなくなる。求める酸素にも嫉妬しているんだろうかと思うと、悪い気はしない。
それでも苦しくて、
それでも幸せだった。

＊＊

一年の半分は、どうやら雨が降っているらしい。けれど咲子は、その割合以上に雨を感じていた。晴れの日のほうが少ないと感じていた。編集部からの帰り、朝から降っていた雨は依然そのままで、持参した傘をぱっと広げた。雨の日は嫌だな、といった感想も抱かないくらい、雨に慣れていた。厳密に言えば、晴れの日は家で執筆していて気づかない。何か用事があって外に出るときに限って降っているから、咲子にとっては雨が多いという認識が根付いていた。

ぽつぽつ、と傘に当たる雨粒。それが心地良いときもあれば耳障りなときもあって、そういったときはイヤホンを耳に押し込んでいた。音楽も好きだった咲子は、好きなアーティストのCDをウォークマンに入れ、数少ない外出時に持ち運んだ。大抵出向く編集部は遠くて、長く電車に揺られているときは音楽と小説のセットで心を弾ませた。快特電車は人が多いから乗らない。もっぱら鈍行、普通電車で行き来していた。その長さがもったいないと言う人間もいるだろうが、咲子にはそんなの関係なかった。自分の好きなように生きていく。

　これからも一人で。

「……一人、か」

　そこにもう一人が加わって、二人になれば素晴らしいのかもしれない。それは、知識として知っていれば十分な話で、咲子が実感しなくてもいいことだ。他の人間は、寄り添い合って生きていく。友人でも恋人でも家族でも。それを否定するつもりもない。だからといってそれを咲子に強要してこようものなら、反撃する。牙を剝いて、吠えてやる。そんな手の付けようもない、しょうがない人間だった。

　それでも、町中で二人連れを見かけると、ほんの数秒、眺めてしまう。やっぱり羨ましいんだろうか。そんなはずはないのに、心の片隅で羨ましいと思っている証拠に、視線がそちらを向くのだろうか。わからない。けど、そう思ったところでどうもしない。どうにもならない。きっと、一人が寂しくないわけじゃないのだ。これでも生身の人間だから。いくらポンコツでも、仮にでも、人間なのだから。

　最寄り駅について電車を降りる。ざー、ざー。まだ雨の音がする。この音がする限り、自分は一人のままなんじゃないかと思った。一人で良い、一人が良いと言っているくせに、寂しい心を持て余している。なんだか自分が可哀想な存在に思えてきて、この思考を断ち切った。ホームの中側を歩き、階段を下りる。電子マネーをタッチして改札をくぐると、電車内で畳んだ傘をまた広げる。よく降るなぁ。嫌だとは感じない代わりに、そんな感想は抱く。ご苦労なことだな、なんてわけもわからない労いを雨に向け、傘を頭上に差して歩き出す。

ひどい雨だ。傘を叩く雨粒は、もはや傘の表面を殴りつけてくるかのようだった。風も強い。早く家に帰りたい。駅から徒歩十五分が、非常に嫌になってくる。あまり進まない内、駅に駐在しているタクシーが目に付いた。いや、いくらなんでも徒歩十五分にタクシーを使うなんてと思いつつも、楽なほうに天秤は傾いていた。雨だから、もっと遠くに自宅がある人や高齢の方はタクシーを使うだろう。そんな貴重な一台を使ってもいいものか。葛藤しているのは心の中だけ、行動している身体は正直でタクシー乗り場に近づいていった。

咲子を視認したらしいタクシーが、後ろの自動ドアを開ける。傘を畳んで乗り込みながら、住所を告げた。かしこまりました、と思っていたより声が若いのに驚いて、バックミラーをちらりと見る。若い。もっとおじさんとかが運転手をやっているイメージがあった。偏見だろうか。今はどんな人でも運転手をやっているのか。だが内心で思ったことは咎められるわけもなく、タクシーは発進する。

「…………」

乗ったはいいが、沈黙が気まずい。早く家に着いてくれと念じる。

「お嬢さん」

いきなり声を出した運転手にびくっとする。このまま沈黙が守られるとは思っていなかったが、こんなに早く破られる沈黙だったのかと驚いた。

「は、はい？」

「お仕事は何されてるんですか」

「……作家です」

少し迷ってから小さな声で答えると、何故か車は端に寄って止まった。本当に何故。

「うわ、まじで。本物だ」

「え、え、」

勢いよく振り向かれ、目と目がミラー越しじゃなくなる。視線をきょろきょろさせていると、白い手袋がずいと差し出された。

「握手して」

「……あんまり売れてませんよ」

「そうなの？　あんまり関係ないけど。名前は？」

「…………」

「俺は佐古。佐古水海。あんたは？」

「……不見神、咲子」

みずかみ、とつぶやく。ああ、知らないだろうな。無名ですみません、と謝りたくなる。作家と聞いて喜んでくれたのなら、小説が好きな方なんだろう。それなのに、こんな名が売れていない作家でごめんなさい、と思う。

「めっちゃファン」

「えっ？」

いやいや。絶対嘘。嘘じゃないとおかしい。だってこんな偶然に会った人がファンなんておかしい。しばし硬直する。は、ははと乾いた笑いが漏れ、事態を全体的に理解する前に何もかもがうわんと形を曖昧にするようにとろけて真っ白になっていく。真に受けるほうがおかしいのだと、自分をとにかく落ち着かせる。

「は、はは……客商売は大変ですね、」

こんなにいつも客に媚売っているんだろうか。顔が良いから、女性なんてころっと……いや、女性に限らず、ころっと騙されてしまうんじゃないか。そしてなんで止まっているんでしょう。自宅に向かっているはずだったのに。停車してお話している意味が全くわからない。

「えーと、出発しないんですか」

「あ、サインも欲しい」

「聞いてください」

「げ、色紙持ってねーや」

「ちょっと、さ、佐古さん」

「うん？」

名字で呼ぶと、暴走がぴたりと止まって視線が戻ってくる。どうしよう。何を言えば良いのか。でも話を聞く姿勢には戻ってきてくれたから、早く何かを言わなければ。

「……メーター、上がっちゃう、んじゃない、ですか」

「あ、いや、大丈夫。無料にしとく」

あっさり言い返されて、咲子は絶句してしまう。手強い。上がるメーター、それを無料にするという運転手。……これって、タクシーだよね。正式な会社の、ちゃんとお客を送り届けてくれるタクシーだよね？　なんか、違法なものに乗ってしまったんだろうかと勘繰りたくもなる。

「早く、帰りたいのですが」

「俺は帰したくない」

はっきりと言われ、どういう意味だかとっさに測れない。目的地までお客を送り届けるのがタクシー運転手の仕事ではないのか。違法だから送ってくれないのか？　こうして路上で駐車して、話している状況はなんなのだろう。降りて逃げたほうがいい状況なのにぽかんとしていると、はっと我に返ったらしい運転手、佐古水海はバツが悪そうな表情を見せた。

「おっと。本音が漏れた、悪い」

「…………あの」

「わかった、帰す」

咲子の困惑をようやく感じてくれたように、真正面を向いてくれた。

ほっとしながら、座席に深く座る。少し疲れてしまって、ふうと息を吐く。ウインカーを出し、車道に戻っていくのを身体で感じた。言った通りの住所に到着すると、メーターを覗き込む。八百二十円。財布を取り出し、千円と、二十円をトレイに置こうとした手を摑まれる。ぎょっとしていると、何かの紙片を差し出された。

「これ、俺の連絡先。咲子さんのも教えて」

「……えっ、えぇ……教えると、思いますか」

「わかんない。でも欲しい」

「…………」

そんな真剣な目で頼まれて、咲子は十分に戸惑う。ふつう、ここまで必死になるだろうか。咲子が絶世の美女だったら、もしかしてここまでするのかもしれないが、こんな、自分ごときで発揮する真剣さはもったいない。

どうしよう。怪しい、とは思う。でも反面、ここでお別れになるのも不本意な気になっている自分がいる。どうして不本意なのか、深く考えようとはしないけど。後から考えれば、恥ずかしながら一目惚れにも似たようなものになるのか。怪しい、絶対に連絡先なんて交換しないほうがいい。慎重担当の咲子はそう言う。正論だ。今日初めて会った人間と、駅から自宅までの短い距離をさらに車で短くなった距離の時間しか一緒にいなかった人間だ。でも。

冒険してみたい咲子もたしかにいるから、迷いというものは生じている。ノーと言えない日本人の気質もあるが、それでも迷惑なら迷惑そうな表情くらいできる。でも、でも、困っているけど。信用して良いかわからない。高い壺でも買わされる？　それだけならまだいいけど、その気にさせられてぽいっと捨てられたら。弄ばれて終わったら、咲子の弱い精神はすぐに折れてしまうんじゃないか。

それは、怖い。怖い。

だって、相手は生身の人間だもの。信じちゃいけない。

「……あなたを、まだ、信用できうることが、なくて」

「どうしたら信じてくれる？」

本人確認書類見せればいい？　とズボンのポケットを弄ろうとするから「いいですいいです！」と必死に止める。そこまでしてくれなくていい。どうしたら信じられるかなんて、いきなり言われてもわからない。

「……悪用、しませんか？」

「悪用？」

そんなこと露程も思っていなかったという顔に、幾分か安心する。どうやらその方面は考えていないようだ。

「まあ、そりゃいきなりは怪しいよな。……わかった。じゃあとりあえず、俺の連絡先だけ受け取って。それで……そうだなぁ、また、来るから。部屋番号だけでも教えて」

部屋番号って、どうなのか。少しハードルが下がった気がするが、どうなのか。咲子は、了承する言葉を省き、小さく五〇二とつぶやいた。車内にエンジン音が低く響く中、それを正確に聞き取ったらしい水海はにっこりと笑った。

「了解！　ありがと」

一瞬で心を奪われてしまい、それでもここに留まっていることを何も咎められないことにはっとして、慌てて降りる準備をする。

「お金いらないって」

「そ、そんなわけにはいかないでしょう」

「……じゃあ、もらっとく。咲子さんコレクションに入れとこう」

「そんなこと言われたら渡しにくくなるんですけど！」

「ははっ、冗談！　はい、二百円のおつり」

手袋越しでも、そっと触れた指先が思っていたよりも冷たくてどきっとした。

それからずっと、この男に対してどきどきしていた。

＊＊

「涙乾いた」

「……良かったですね」

「めっちゃ恥ずい。泣くなんて」

「私だからいいでしょう」

「もう、咲子さん～」

撫で繰り回されて髪が乱れる。あとでお風呂に入るから、別に問題はないけれど。

そう、お風呂に入って、もう一度画面と向き合ってみようじゃないか。ベッドから抜け出そうとすると、水海に捕まって目的を果たすのが遅れる。

「どこ行くの」

「お風呂です」

「一緒入る？」

「いいですからそういう冗談は」

「いや、けっこう本気」

じっと見つめ合ってしまう。

「い、嫌です」

「わかった。無理強いはしない」

「私が聞き分けないみたいじゃないですか……」

「ふはっ」

その無邪気な笑いは、心臓に悪い。さっさと踵を返すと、脱衣所に向かう。服を脱いでいき、首筋から肩にかけて鬱血している痕を見つけて絶句する。何カ所もあるそれに、言葉を失い、思考もぎこちなくなる。

いい大人なので、これしきのことで赤面したりしない。でも鏡を見たら、鬱血痕と同じ朱色が顔に広がっていた。驚くほど赤い顔に、今までこれで水海の前にいたのかと思うと羞恥で倒れそうになる。こんなことなら、小説何冊でも読まれたほうがまだマシである。

熱を、常に身に感じすぎていて、こうして視覚的に捉えることがないと気づかなかった。水海と触れ合ったところから熱がどんどん広がっていって、きっと水海よりも自分の熱のほうが高いのだと思う。それでも初めて会った日に触れた、冷たい指先からはほど遠い温かさになった。それだけで満足している自分がいるような気がする。熱を、いつも移されていると思っていたけど、咲子の熱を水海に移せたということにもなるから。

「おかえり」

「……はい」

風呂から上がり、髪の毛が濡れたまま部屋に戻ってくる。ベッドに座っていた水海に背中を向け、その場に当然のように腰を下ろした。水海は文句も何も言わずに、首に掛かっていたタオルで優しく髪を拭いてくれる。それがこんなにも心地よい。丁寧に水気を拭われていく様を感じながら、優しく微笑んでいるであろう水海の顔が見たくなる。それでも黙って大人しく、髪を拭われていく。

「……あの。ここ、すごいんですけど」

肩の辺りをとんとん、と指すと「え？」と服をぐいと引っ張られ素肌を晒される。

「ちょっ！」

「ほんとだ、すげー」

「他人事みたいに言わないでくださ……」

振り向くと、俯いて顔を手で覆っている水海がいた。

「ほんとだね……」

ちらりと見える耳が赤くて、こちらまで恥ずかしくなってくる。自分で付けたくせに、どうしてそこまで照れられるのだろうと不思議になった。服をたぐり寄せ肩を隠すと、咲子も下を向いてしまった。

「めっちゃ俺のだって痕、付いてる」

顔を覆ったまま言うから、もごもごとした声になる。

「あなたが付けたのに照れないでくれませんか……」

「いやだってこれはやばい……」

何がやばいのかわからないが、数はやばいと思う。数えるのが億劫になってくるほどだ。

「咲子さん、しばらく外出しない？」

「明日、打ち合わせです」

「え、それ担当に見せんの」

「見せませんよ！」

「間違った、見られちゃうんじゃないの」

「……平気です、マフラーしていきますから」

「中入ったら取るんじゃないの」

「う……」

二人で俯いたままもじもじと会話していると、首が痛くなってきてそろそろ顔を上げる。首をこきこき鳴らし、タートルネックは？　なんて言われてそんなもの持っていたっけと思考する。買いに行こう、と言い出されたがこんな格好で外出できないと首を振ると、自分が一人で買いに行けばいいのか、と水海が納得したふうに立ち上がった。

「い、いいですよ、わざわざそんな」

「あっ、でも隠したら意味ないか！」

「意味はありますが」

「いや、虫除けになる」

「虫なんてもともと寄ってきませんよ……」

水海の溺愛ぶりに半分呆れながら言うと、立ち上がっていた水海がベッドに座り直した。咲子の半乾きの髪に頬ずりする。

「咲子さん、自分がかわいいの自覚してないから困るんだよな……」

ここで「いや、かわいくないでしょう」という反論をいつもするのだが、面倒なので省略した。何を言ってもこういった主張を水海が変えてくれることはない。

以前、水海と自分は恋人なんていう甘やかな関係ではないといった。

じゃあ今は。

恋人でもないのに痕を付け合ったりしないし、一緒にいて穏やかな気持ちになったりもしなければ喧嘩をする仲にもならないかもしれない。

　恋愛にうつつをぬかす、数々の物語に登場する主人公たちの気持ちが、ここにきて初めてわかった気がする。この先、仕事が手に付かないとかスランプを抜けられなかったらどうしようとか。いろいろな不安があるはずなのに、どうしてこうも安心して過ごしていられるのだろう。たった一人がいるだけで、すべてがどうでも良くなるしすべてが尊くなったりする。この世に彼がいるだけで、無敵な気になる。

　どうしてだろう。今までだって不安はあって、でもそれらはすべて自分だけでなんとかしなければいけないと思っていたのに、今はなんだかそうではないのだ。水海がいるだけで死んでいけるし、生きてだっていける。きっとそういうふうにできている。

「私たちは、どんな関係ですか」

　大げさな表現に笑ってしまう。

　飽かず頬ずりしていた水海は問われ、ぴたりとその動きを止める。顔を覗き込まれ、至近距離で見つめ合うと自然の流れで唇が触れ合った。

「咲子さんはどんなだと思う？」

「質問を質問で返すなってよく言いますよね」

「そうなの？　俺は咲子さん以外、どうでもいいけどね」

気を取り直して、考える。

「……単なる他人ではない、ですね」

「知り合いって程度でもないね」

見ると、そうだよね？　と確認してくるような目で見返される。咲子は黙って、それはそうだと思う。ただの知り合いと何故口を合わせなきゃいけないのだ。

水海は咲子の腕を引っ張り、ベッドの上に上げた。二人して寝転んで、お互いの表情が見えるようになる。ふっ、と軽く笑うと、水海は口を開いて空気を震わせた。

「まあ名前なんてどうでもいいけどね」

「…………」

「言ったよね、形式張ったものにこだわらないって」

「……、ああ」

言っていた、たしかにそんなこと。そうか、あのときはこういうことだなんて思わなかった。なんてポンコツ。と思うのは内心でだけにしておこう。好きな人が好きな人を陥れる発言をするのは、よろしくないと身をもって知ったから。だからといってすぐに自身をポンコツ呼ばわりするのをやめられるわけじゃないけど。

一緒にいて、時間を過ごして、だんだんと自分のことも相手のことのように好きになっていく。そんな気がする。

「早く書けるようになるといいね」

「それなんですが」

「うん？」

　がばっと起き上がり、ベッドから降りるのに邪魔だった水海を力任せに押す。落としてもいいような勢いで押しやっていると、水海も慌てて起き上がる。何事か、と咲子を見た。

「落ちちゃうって」

「低いので大丈夫です」

「まあね」

　すぐに納得してしまう。二人でベッドを降りると、部屋にあるパソコンの前までとことこ歩いて行く。咲子は気が急いて、若干早歩きになっていた。ぎ、と椅子を軋ませ座る咲子の顔を、水海が心配そうに覗き込んだ。

「大丈夫？」

「わかんないですけど」

　正直、わからない。でも、書きたい、今。一縷の望みにかけるようにパソコンを起動させ、立ち上がりを待つ。きっと、大丈夫。だって熱は、指先にまで伝ってきている。

「たぶん、大丈夫なので、あなたはリビングでお茶でも飲んでいてください」

うぃーん、と静かな稼働音を聞きながら、咲子なりに気を遣ってみる。

だが気遣いとは反対の反応をされてしまう。ショックを受けたような言い方のくせ、不満はなさそうだ。笑いも含まれているそれは、もう咲子の耳には届いていなかった。

「まさかの追い出し」

キーボードに手を置いた。

こんな人生、なんて思っていた。他人に優しくできなかった過去がある。それどころか傷つけていた。では、これからは優しくすればいいと言ってくれる人がいる。それは咲子の、好きな相手だ。いけない子の咲子ちゃんは、もういない。と、言いたいところだが、もしかしたらいるのかもしれない。潜在的にはどうかわからない。けれど、それはもう母親の関与すべきことじゃなかった。いけない子でも、良い子でも。受け入れてくれる存在がいる。

生まれてきた、幸せを感じる義務が、咲子にもしっかりとあった。

目を閉じて、静かに深呼吸をする。

さあ、物語を紡ごう。私がここに生きている意味を。
刻もう。
ただ大好きな人に溺れて咲く、花の手で。
それはちょっと気恥ずかしい、それでも甘美な、物語になるだろう。

著者プロフィール

菅原　千明（すがわら　ちあき）

著書

『君を閉じ込めたい』（文芸社、2019年）

『忘れ形見は叔父と暮らす』（文芸社、2021年）

『宵闇のあかり』（文芸社、2023年）

水に溺れて花は咲く

2024年11月15日　初版第１刷発行

著　者　菅原 千明

発行者　瓜谷 綱延

発行所　株式会社文芸社

〒160-0022　東京都新宿区新宿１－10－１

電話　03-5369-3060（代表）

03-5369-2299（販売）

印　刷　株式会社文芸社

製本所　株式会社MOTOMURA

ISBN978-4-286-25749-5